小故事大道理

王鸿飞/编

国际安徒生儿童文学奖得主

曹文轩

鼎力推荐

难点注释+知识拓展　回归阅读本质，学以致用

全程指导

·扫除字句障碍·扫除理解障碍·扫除感悟障碍·

图书在版编目（CIP）数据

小故事大道理 / 王鸿飞编 . -- 长春 : 吉林文史出版社 , 2018.4
ISBN 978-7-5472-4724-2

Ⅰ . ①小… Ⅱ . ①王… Ⅲ . ①儿童故事—作品集—世界 Ⅳ . ① I18

中国版本图书馆 CIP 数据核字 (2017) 第 307454 号

小故事大道理

XIAOGUSHI DADAOLI

出 版 人 孙建军
编　　者 王鸿飞
责任编辑 于　涉　董　芳
责任校对 王　扬　李　萌　薛　雨
排版制作 文贤阁
出版发行 吉林文史出版社有限责任公司
（长春市福祉大路 5788 号出版集团 A 座）
www.jlws.com.cn
印　　刷 唐山富达印务有限公司
版　　次 2018 年 4 月第 1 版　2020 年 9 月第 2 次印刷
开　　本 710mm × 1000mm　16 开
字　　数 140 千
印　　张 12
书　　号 ISBN 978-7-5472-4724-2
定　　价 22.80 元

翟民安

著名学者、汉语言文学家，北京大学、北京师范大学教授，中国现代语言学奠基人王力得意弟子。

牛兰学

冰心散文奖获得者，河北邯郸市作协副主席，中华伏羲文化研究会全国委员，河北省雁翼研究会理事，邯郸学院客座教授。

厉艳萍

河北省三河市第一中学语文教研组长，高级教师，三河市骨干教师。参编教育部《全日制普通高中语文课程标准》等。

专家编审团

刘解军

高级教师，北京市杨镇一中教师。中国青少年写作研究会、全国中学文学社团研究会秘书长等。

牛国昌

中学高级教师，河北省优秀教师，河北无极中学语文教师。多次获得省市县级模范工作者、优秀班主任等荣誉。

杨岁虎

中学高级教师，甘肃省骨干教师，发表教育文章百余篇。主编参编中学教辅图书多部。

序言
preface

苏联教育家苏霍姆林斯基曾说过：“让孩子变聪明的方法，不是补课，不是增加作业量，而是阅读、阅读、再阅读。”

如果说文化是人类的一份精神遗产，那么阅读就是开启这份遗产的金钥匙。在这份美好的感情和灿烂的文明沃土上，优秀的文学名著传达着人类对生命、对历史、对未来的憧憬和思考，其闪耀的智慧穿越古今中外，经过岁月的磨砺，升华成今天的经典。阅读美好的有价值的文学名著，是了解社会、认知自我的有效途径。

让我们一起日不间断地阅读《论语》《诗经》，阅读《红楼梦》，阅读《雾都孤儿》，阅读《安徒生童话》……我们也许会因为书中一段华丽的诗句而心神激扬，也许会为某个主人公的坎坷遭遇而落泪……任思绪随着书中动人的故事飘飞。阅读的过程就是励志、炼心、启智的过程，是水滴石穿、绳锯木断的过程。长此以往，我们积累的是知识，培养的是情感，塑造的是品格，净化的是灵魂……

这套丛书兼顾各年龄段读者诵读古诗文、现代文学作品，以及外国文学作品等的阅读习惯，设置了知识链接、专家解疑、智慧引路、名家导读、哲理名言、名师点拨、好词好句、阅读思考、名家品评、重点测试等栏目，增加了读者的阅读乐趣。

小故事大道理

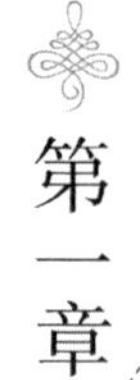

第一章

习惯篇

一个好的习惯不仅能够让人的生活和工作有条不紊，更能在无形之中促使人积极向上，与成功的距离越来越近。《杀掉不如改掉》一文中，为什么公鸡会一只一只地被主人杀掉？为什么加加林能够成为第一位进入太空的宇航员？而在《蜜蜂和苍蝇的不同选择》一文中，同样是被装进了玻璃瓶中，苍蝇和蜜蜂为什么会做出两种完全不同的选择呢？

名师导读

名家引路，撷取文章精华，提炼中心思想。

做自己的主人

专家解疑

专家智慧解答，排开疑难，扫除阅读障碍。

小牛见母牛在农民的皮鞭下**汗流浃背**【**专家解疑**：汗水湿透了背上的衣服，形容汗出得很多。】地耕田，感到很难过，就问：“妈妈，世界这么大，为什么我们一定要在这里受苦，受人折磨呢？”

好词好句

内涵丰富的好词佳句，一扫平淡，扩大知识面，轻松掌握语文知识中字词句的要义。

可是，它们才到河中间，蝎子就不由自主地使劲蜇了青蛙一下。青蛙痛苦地挣扎着，奄奄……

好词好句

痛苦

挣扎

* 可是，它们才到河中间，蝎子就不由自主地使劲蜇了青蛙一下。

畅读经典文学名著，启迪智慧，唤醒心灵
轻松提升语文水平，素质阅读，拓展思维

小象对这根铁链很不习惯，它用力去挣，挣不脱，无奈的它只好在铁链范围内活动。【智慧引路：面对困境，只有坚持不懈地付出努力，才能从中走出来，锲而舍之只会一事无成。】

英国前首相劳合·乔治有一个习惯——随手关上身后的门。【名师点拨：通常情况下，破折号有以下几种用法：①表示解释说明；②表示语音的延长；③表示意思的转换、跳跃或转折；④表示插说；⑤用在副标题前；⑥标明作者；⑦补充说明；⑧表示语言的延续。】

以这种持续的毅力**每天进步一点点，当成功来临的时候，你挡都挡不住。**

哲理名言

每天进步一点点，当成功来临的时候，你挡都挡不住。

名家品评

从小养成一个好的习惯，不仅是成就完美人生的首要条件，更能在无形之中对生活和工作有着莫大的帮助。正如成功学大师……

阅读思考

1. 维克多·格林尼亚是如何从挫折中走出来的？
2. 如何看待约翰·洛克菲勒的金钱观？
3. 冈索勒斯是如何开办学校、实现自己的梦想的？

智慧引路

开启智慧的法门，引领前行，深入思考。

名师点拨

优秀名师领航，荟萃知识要点，轻松掌握重点、难点。

哲理名言

一句名言可以影响人的一生。

名家品评

名家点评，深层解读，全面提升学生理解能力与思悟能力。

阅读思考

根据内容提出探索性问题，强化对文章内容的理解。

本书文学地位

Ⅰ

如果你问一个善于溜冰的人怎样获得成功，他会告诉你：“跌倒了，爬起来。”这就是成功。

—— 世界著名物理学家　牛顿

Ⅱ

我的成功秘诀有三个：第一是，决不放弃；第二是，决不、决不放弃；第三是，决不、决不、决不能放弃！

—— 英国首相　丘吉尔

Ⅲ

只有具备真才实学，既了解自己的力量又善于适当而谨慎地使用自己力量的人，才能在世俗事务中获得成功。

——德国著名思想家、作家、科学家　歌德

Ⅳ

勤劳工作、诚恳待人是迈向成功的唯一途径。这与没有尝过辛苦，而获得成功的滋味迥然不同。不下功夫，却能成功，是根本不可能的事情。

—— 日本“松下电器”创始人　松下幸之助

知识链接

作品速览

如果生活是船，那么智慧就是船舵，掌握着人生的航行方向；如果生活是一只风筝，那么智慧就是牵引风筝的线，控制着人生的起落；如果生活是一片云，那么智慧就是风，掌管着人生的聚散。

本书正是一本面向青少年及小学生在智慧方面的启迪读物，全书就青少年成长、发展的逻辑性共分为“习惯篇”“信念篇”“事业篇”“理性篇”“成功篇”五部分。

“习惯篇”从正反两方面遴选了多篇富有教育意义的小故事，分别向人们阐述了良好习惯和不良习惯给人带来的益处和弊端，阐明了习惯决定性格、性格决定命运的道理。

“信念篇”通过小故事的方式向人们说明了信念的重要性，告诉人们只有做最好的自己，才能赢得别人的尊重，才有可能在不完美的世界里拥有完美的感觉。一步一个脚印地走下去，你的梦想才会离你越来越近，人生道路才会越走越宽，越走越远。

“事业篇”则告诫人们：在逆境中，应该心向光明，奋斗不懈，在风雨中勇敢前行，不达目的决不罢休；在顺境中，应该居安思危，未雨绸缪，在和风中工作，不忘记人生意义。

“理性篇”启迪人们以一种哲性思维去体味生活，感悟人生。人们只有学会了倾听生命的声音，多采撷人性的光辉，才能多感悟人生的真谛。开启智慧的心灵，把握美好的人生！

“成功篇”说的则是一个人要干出一番事业，要真正懂得为人处世，要取得生活快乐，就必须要拥有百折不挠的恒心、一心一意的专心、全心全意的诚心、包容一切的爱心、从谏如流的虚心与坐看闲云的静心，只有这样，人生才能绽放出它应有的色彩。

本书不仅语言凝练优美、深入浅出，而且特意添加了“名家导读”“名师点拨”“专家解疑”“好词好句”“智慧引路”“哲理名言”“重点自测”等内容，对青少年（尤其是小学生）词汇量的积累无疑有非常大的作用。

我们衷心希望小朋友们能够从《小故事大道理》中感悟人生启迪，培养出良好的性格，提高自身的修养，使自己不断取得新的进步！

艺术特征

《小故事大道理》就艺术特征而言，大致可分为：寓言拟人型、历史纪实型、实验探究型、名人经历型及日常生活型五大方面，它们具体的艺术特色如下：

寓言拟人型小故事主要是以拟人的手法讲述动物的故事，如

《三只青蛙的命运》《贪嘴的大雁》等，通过它们的言行、结局向人们阐释了为人处世的哲理，传递智慧的力量。

历史纪实型小故事的真实度较高，讲述的是一些历史重要人物待人接物的心态和智慧，根据他们的人生经历向人们传授着成功的经验，如《英雄不问出处》《决不、决不、决不能放弃》《先动心后动口》等。

实验探究型小故事记述的是科学家们通过实验得出的结论，它建立在实验的基础之上，具有很高的可信度和较强的现实意义，如《蜜蜂和苍蝇的不同选择》《青蛙实验》《把自己的目标细化》等。

名人经历型小故事选择的则是各类行业的翘楚巨头们的奋斗史、处事心态或成功心得，如《从自卑中走出的诺贝尔化学奖》《谁更有资格寻找借口》等，故事的主人公大多是从平凡的生活中、工作中，经过自己的努力才脱颖而出的，对人们的生活和工作有着比较现实的引导意义。

日常生活型小故事在题材方面几乎已无异于广大百姓的真实生活，只是故事的主人公对待问题的态度、处理问题的方法与众不同而已，如《为别人打开一扇窗》《身旁的机遇》等，这些故事就如同一面面镜子，只要你用心去“照看”，总能发现自己的缺陷。

哲理启迪

《小故事大道理》每一篇文章都蕴含了无尽的哲理和博大的智慧，发人深省，给予人们无限的智慧与启迪。

如“习惯篇”中《可怜的猴子》这则故事，告诉人们时势总在变化，不要因为一时的失败而裹足不前，只有坚持不懈，才能到达成功的彼岸；“信念篇”中《乞丐的思维》一文，说的是思路就是出路的道理，没有完善的思路和策略，再好的优势也无法使自己出类拔萃；“事业篇”中《猫头鹰搬家的悲剧》则告诉人们出现问题后首先应该从自己身上寻找原因，解决问题的根本，盲目地改变于事无补，只会将问题转移甚至扩大；“成功篇”中《井里的驴》一文，告诉人们在逆境中不要悲观，应审清局势，努力将不利因素转化为自己成功的阶梯……

其实在现实生活中，哲理无处不在，并不局限于书本之中。只要我们细心观察，用心体会，就一定能够从很多看似平凡的小事中感悟出深邃的哲理。而这些哲理正如一串串打开成功之门的金钥匙，只要你善加利用，一定会带你走进一个崭新的世界。

主角秀场

>> 爱因斯坦

全名阿尔伯特·爱因斯坦，德国物理学家。1905年，爱因斯坦提出光子假设，成功解释了光电效应。同年他提出狭义相对性原理，开创物理学的新纪元。1915年创立广义相对论，成功地解释了水星近日点运动。1921年获得诺贝尔物理奖。1933年因受到纳粹政权的迫害，迁居美国，担任普林斯顿大学教授。1955年4月18日，病逝于普林斯顿。爱因斯坦为核能开发奠定了理论基础，现代科学技术受到了他的深刻影响，在广泛应用等方面开创了现代科学的新纪元，他被公认为是继伽利略、牛顿以来最伟大的物理学家。1999年12月26日，爱因斯坦被美国《时代周刊》评选为“世纪伟人”。

>> 丘吉尔

全名温斯顿·伦纳德·斯宾塞·丘吉尔，英国历史学家、政治家、演说家、作家，曾被美国杂志《展示》列为近百年来世界最有说服力的八大演说家之一，荣获诺贝尔和平奖提名。1940—1945年、1951—1955年期间两度任英国首相，被认为是20世纪最重要的政治领袖之一，带领英国获得了第二次世界大战的胜利。1953年，他创作的《不需要的战争》获诺贝尔文学奖。1929年至

1965 年临终，连续 36 年担任英国布里斯托大学校长。2002 年，BBC 举行了一个名为“最伟大的 100 名英国人”的调查，丘吉尔被选为有史以来最伟大的英国人。

>> 鲁契亚诺·帕瓦罗蒂

世界著名的意大利男高音歌唱家。早年是小学教师，1961 年在雷基渥·埃米利亚国际比赛中扮演鲁道夫，从此开始歌唱生涯。1964 年首次在米兰·斯卡拉歌剧院登台。翌年，应邀去澳大利亚演出及录制唱片。1967 年被卡拉扬挑选为威尔第《安魂曲》的男高音独唱者。从此，声名远扬，成为国际歌剧舞台上的最佳男高音之一。帕瓦罗蒂具有十分优美的音色，在两个八度以上的整个音域里，所有音均能迸射出明亮、晶莹的光辉。

>> 亨利·威尔逊

美国第 18 任副总统。生于新罕布什尔州法明顿。10 岁时为农场契约徒工，21 岁满期，获得自由。1840 年当选马萨诸塞州众议员。他反对奴隶制度，脱离辉格党后筹建共和党。南北战争后积极为黑人建立完整的政治、民权措施。1848 年参加“自土壤党”建党工作。1855—1873 年任联邦参议员。1872 年在尤里西斯·辛普森·格兰特政府任副总统。1875 年因中风卒于华盛顿。

作品影响

中国佛家有偈语云：“一花一世界，一叶一如来。”说的是在日常生活中，可以从很多小事情里面看出世界的变化，探索出世界的奥秘；有很多小事情里面蕴含着无穷的哲学思维，可以从中领悟出为人处世的道理。

英国著名诗人布莱克在《天真的预示》里面也说过：“一粒沙里看出一个世界，一朵野花里有一座天堂，把无限放在你的手掌上，永恒在一刹那里收藏。”

可见一篇好的故事不在于它的篇幅有多长，情节有多精彩、离奇，而在于它能给人多少人生启迪，让人从中领悟到怎样的做人道理。

|Contents|

第一章　习惯篇 / 1

第二章　信念篇 / 27

第三章　事业篇 / 54

第四章　理性篇 / 103

第五章　成功篇 / 137

第一章 习惯篇

一个好的习惯不仅能够让人的生活和工作有条不紊，更能在无形之中促使人积极向上，与成功的距离越来越近。《杀掉不如改掉》一文中，为什么公鸡会一只一只地被主人杀掉？为什么加加林能够成为第一位进入太空的宇航员？而在《蜜蜂和苍蝇的不同选择》一文中，同样是被装进了玻璃瓶中，苍蝇和蜜蜂为什么会做出两种完全不同的选择呢？

做自己的主人

小牛见母牛在农民的皮鞭下**汗流浃背**【专家解疑：汗水湿透了背上的衣服，形容汗出得很多。】地耕田，感到很难过，就问："妈妈，世界这么大，为什么我们一定要在这里受苦，受人折磨呢？"

母牛一边挥汗如雨，一边**无可奈何**【专家解疑：没有办法；没有办法可想。】地回答说："孩子，没办法呀，自从咱们吃了人家的东西，就身不由己了，祖祖辈辈都这样啊！"

[智慧感言]

习惯一开始是你的主人，如果你被它奴役的时间长了，你就会"身不由己"，成了它的奴隶。相反，如果习惯被你奴役惯了，你就成了习惯的主人。拥有好习惯，就拥有幸福美好的一生。

跳出厌倦的小水沟儿

一只小青蛙厌倦了常年生活的小水沟儿——水沟儿的水越来越少，它已经没有什么食物了。**小青蛙每天都不停地蹦，想要逃离这个地方。**【智慧引路：要摆脱不良现状，就必须把自己的美好想法付诸行动，一味地空想，是无法创造任何幸福的。】而它的同伴整日懒洋洋地蹲在浑浊的水洼里，说："现在不是还饿不死吗？你着什么急？"终于有一天，小青蛙纵身一跃，跳进了旁边的一片草丛中，那里面有很多好吃的，它可以自由觅食。

小青蛙呱呱地呼唤自己的伙伴："你快过来吧，这边简直是**天堂**【专家解疑：①某些宗教指人死后灵魂居住的永享幸福的地方（跟"地狱"相对）。②比喻幸福美好的生活环境。】！"但是它的同伴说："我在这里已经习惯了，我从小就生活在这里，懒得动了！"

不久，水沟儿里的水干了，小青蛙的同伴活活饿死了。

[智慧感言]

只有敢于打破自己固有的圈子，才可能改变自己的命运，才可能拥有更加广阔的发展空间。那些因循守旧、不愿脱离惯有轨迹的人是狭隘的，他们很难有所突破。

小心你周围的蝎子

有一天，一只青蛙坐在河边。**一只蝎子路过，对它说："青蛙先生，我想过河，可是我不会游泳。你能不能发发慈悲，让我坐在你背上，把我送过河？"**【名师点拨：作者用拟人的手法，赋予青蛙、蝎子以人的感情，使文章更加生动活泼，充满了趣味性。】

青蛙说："**可你是蝎子呀，蝎子最喜欢蜇青蛙了。**【智慧引路：明知道做一件事情潜藏的危险，就应该三思而后行，切不可被表面现象和甜言蜜语所迷惑。】"

蝎子说："我蜇你干什么呀，我的目的是到河对岸去。"

"好吧！"青蛙说，"只要你不蜇我，上来吧，我送你过河。"

可是，它们才到河中间，蝎子就不由自主地使劲儿蜇了青蛙一下。青蛙痛苦地挣扎着，**奄奄**【专家解疑：形容气息微弱。】一息地问："你为什么要蜇我呀？这下子，我们两个都活不成了。"

蝎子说："没办法，因为我是蝎子，蝎子就是喜欢蜇青蛙，我实在管不住自己。"

[智慧感言]

对于自己来说，你不怀好意的想法和行为就是你的"蝎子"，小心"蝎子"蜇了你。对于别人来说，你要小心你周围的"蝎子"，他无论向你如何承诺，还是会用他的坏习惯把你拖下水。

好词好句

痛苦

挣扎

* 可是，它们才到河中间，蝎子就不由自主地使劲蜇了青蛙一下。

杀掉不如改掉

一只公鸡早晨起来报晓。天亮，被主人提出来杀了。

又一只公鸡早晨起来报晓。天亮，又被主人提出来杀了。

又一只公鸡早晨起来报晓，天亮，还是被主人提出来杀了。

邻居不解，问：“这些公鸡每天报晓都挺准时的，你杀它们干什么？”

那人说：“早晨我有晚起的习惯，它们却叫得很早。”

邻居说：“这不是它们的过错，报晓是公鸡的天职。”

那人说：“这个我不管，我需要的是和母鸡交配的公鸡，而不是报晓的公鸡。”

邻居说：“可公鸡是不能不报晓的，你难道不能用另外一种方式来解决问题吗？”【智慧引路：当自己的思路与别人的想法相悖时，可以换一种思路或方法来解决问题，在很多时候不知变通只会让情势越变越坏。】

“这个很难，”那人说，“我曾想割掉它们的嗓子，后来又想扎上它们的嘴，可这样太麻烦，而杀它们却很省事。”

“那你为什么不改变一下睡觉的习惯呢？”邻居**疑惑**【专家解疑：①怀疑困惑。②怀疑困惑之处。】地问。

“改变我的生活习惯，这怎么可能呢！”那人说，“我有这个习惯已经几十年了，怎么会为几只公鸡而去改变呢？再说我是主人，它们应该满足我的需求，它们的行为与我发生矛盾时，受损失的只能是它们，怎么会是我呢？”

于是那人一直保持着杀鸡的习惯。

［智慧感言］

往往自己目前只要做出一点儿让步就可以解决的矛盾，却要在将来付出巨大的牺牲乃至生命的代价。在人生旅途中，总会遇到这样或那样的矛盾，是你去适应别人还是别人去适应你呢？这实在是一个值得我们深思的问题。

不要像小象那样停止挣扎

小象出生在马戏团中，它的父母也都是马戏团中的老演员。

小象很淘气，总想到处跑动。工作人员在它腿上拴上一条细铁链，另一头系在铁杆上。

小象对这根铁链很不习惯，它用力去挣，挣不脱，无奈的它只好在铁链范围内活动。【智慧引路：面对困境，只有坚持不懈地付出努力，才能从中走出来，锲而舍之只会一事无成。】

过了几天，小象又试着想挣脱铁链，可是还是没有成功，它只好闷闷不乐地老实下来。

一次又一次，小象总也挣不脱这根铁链。慢慢地，它不再去试了，它已经习惯铁链了。再看看父母也是一样嘛，好像这就是它们本来的样子。

小象一天天长大了，以它此时的力气，挣断那根小铁链简直不费吹灰之力，可是它从来也想不到这样做。它认为那根链子对它来说牢不可破。这个强烈的**心理**【专家解疑：①人的头脑反映客观现实的过程，如感觉、知觉、思维、情绪等。②泛指人的思想、感情等内心活动。】暗示早已深深地植入它的思维中了。

一代又一代，马戏团中的大象们就被一根有形的小铁链和一根无形的大铁链拴着，活动在一个固定的小范围中。

［智慧感言］

时势不断变化，当初做不到的事今天可能就会轻而易举地做到，当初能办到的事今天可能就难以办到了。无论如何，关键是心中不要存下一个一成不变的概念，要让好习惯坚持下去，让坏习惯变成好习惯。

随手关上身后的门

英国前首相劳合·乔治有一个习惯——随手关上身后的门。【名师点拨：通常情况下，破折号有以下几种用法：①表示解释说明；②表示语音的延长；③表示意思的转换、跳跃或转折；④表示插说；⑤用在副标题前；⑥标明作者；⑦补充说明；⑧表示语言的延续。】

有一天，乔治和朋友在院子里散步，他们每经过一扇门，乔治总是随手把门关上。“你有必要把这些门关上吗？”朋友很是纳闷。

“哦，当然有这个必要。”乔治微笑着对朋友说，“我这一生都在关我身后的门。你知道，这是必须做的事。当你关门时，也将过去的一切留在后面，不管是美好的**成就**【专家解疑：①事业上的成绩。②完成（多指事业）。】，还是让人懊恼的失误，然后，你才可以重新开始。”

［智慧感言］

记得随手关上身后的门，学会将过去的错误、失误通通忘记，不要沉湎于懊恼、后悔之中，一直往前看。这时你会发现，我们在每一天里重新诞生，每一天都是我们新生命的开始。

敲动生命的大铁球

一位世界第一的推销**大师**【专家解疑：①在学问或艺术上有很深的造诣，为大家所尊崇的人。②某些棋类运动的等级称号。③对和尚的尊称。】，在他结束推销生涯的大会上吸引了保险界的五千多位**精英**【专家解疑：①精华。②出类拔萃的人。】参加。当许多人问他推销的秘诀时，他微笑着表示不必多说。

这时，全场灯光暗了下来，从会场一边出现了4名彪形大汉。他们合力抬着一副铁架，铁架下垂着一只大铁球走上台来。当现场的人丈二和尚摸不着头脑时，铁架被抬到讲台上了。

那位推销大师走上台，朝铁球敲了一下，铁球没有动，隔了5秒，他又敲了一下，还是没动，于是他每隔5秒就敲一下。这样如此持续不断，铁球还是纹丝不动，台下的人开始骚动，陆续有人离场而去，但推销大师还是静静地敲铁球，人越走越多，留下来的所剩无几。

终于，大铁球开始慢慢晃动了，经过40分钟后，大力摇晃的铁球，就算任何人的努力也不能使它停下来。

最后，这位大师面对仅剩下来的几百人，介绍了他一生成功的经验：成功就是简单的事情重复去做。以这种持续的毅力**每天进步一点点，当成功来临的时候，你挡都挡不住。**

［智慧感言］

简单的事情重复做，每天进步一点点，这就是成功的秘诀。要想取得成功，首先要养成好的生活和学习习惯。世界上最可怕的力量是习惯，世界上最宝贵的财富也是习惯。

哲理名言

每天进步一点点，当成功来临的时候，你挡都挡不住。

从自卑中走出的诺贝尔化学奖

法国化学家维克多·格林尼亚出生在一个生活富裕的家庭，从小养成了**游手好闲**【专家解疑：游荡成性，不好劳动。】、挥金如土、盛气凌人的恶习。但是，在他21岁的时候，却遭受了一次严重的打击。

在一次宴会上，他对一位年轻美貌的巴黎女郎**一见钟情**【专家解疑：男女间一见面就产生了爱情。】。他仗着自己长相英俊，有钱有势，便走上前去搭讪。没料到这位女郎却冷冰冰地说道："请站远一点儿，我最讨厌被花花公子挡住视线。"这让格林尼亚羞愧难当。

他满含屈辱地离开了家，只身一人来到里昂，在那里他隐姓埋名，发奋求学，整天待在图书馆和实验室里。在菲利普·巴尔教授的精心指导和自己的长期努力下，他发明了"格式试剂"，发表学术论文二百多篇。1912年，瑞典皇家科学院授予他诺贝尔化学奖。

［智慧感言］

对于生活的强者来说，自卑不应该成为前进的阻力，相反，应该成为奋发图强、走向成功的动力。与其因为自卑而悲观丧气，受人歧视、冷漠，不如变自卑为动力，从自卑走向自信，从失败走向成功，从渺小走向伟大。

成功从脱鞋开始

1961 年 4 月 12 日莫斯科时间上午 9 时零 7 分，苏联宇航员加加林乘坐“东方”号宇宙飞船进入太空遨游了 108 分钟，成为世界上第一位进入太空的宇航员。加加林在二十多名宇航员中，之所以最终能脱颖而出，却源于一个偶然事件。

原来，在确定人选前一个星期，主设计师罗廖夫发现，在进入飞船前，只有加加林一人脱下鞋子，只穿袜子进入座舱。就是这个细节使加加林一下子赢得了罗廖夫的好感，**他感到这个 27 岁的青年如此懂得规矩，又如此珍爱他为之倾注心血的飞船，于是主设计师决定让加加林执行这次飞行。**【智慧引路：很多时候，细节不仅能够反映出一个人的修养和处事态度，更能决定一件事情的成败。】

[智慧感言]

成功从脱鞋开始。脱鞋虽然是小事，但小事能折射出一个人的品质和敬业精神，而这正是培养好习惯的关键。想要成功，先从培养好习惯开始。

好词好句

遨游

好感

* 加加林在二十多名宇航员中，之所以最终能脱颖而出，却源于一个偶然事件。

学会攒鸡蛋的方法

许多人向富翁阿卡德询问**致富**【专家解疑：实现富裕。】的方法，阿卡德问他们："假如你拿出一个篮子，每天早晨在篮子里放进10个鸡蛋，每天晚上再从篮子里拿出9个鸡蛋，最后将会出现什么情况？"

"总有一天，篮子会满起来，"有人回答，"因为我每天放进篮子里的鸡蛋比拿出来的多一个。"

阿卡德笑着说："**致富的首要原则就是在你放进钱包里的10个硬币中，顶多只能用掉9个。**【智慧引路：集腋成裘，聚沙成塔。不断地播种"努力"，时间久了，"努力"将会越积越多，最终结出"成功"的果实。】"

[智慧感言]

你应该知道，除非养成节俭的习惯，否则你永远不能积聚财富。一块钱对你来说可能微不足道，但是它却是财富得以生长的种子。如果我们要享受鲜花的芬芳，吃上新鲜的蔬菜，我们就必须播种，把种子播种在肥沃的土壤里，细心呵护。

打破神像拾起你的金子

穷人供奉了一尊神像。他**虔诚**【专家解疑：恭敬而有诚意（多指宗教信仰）。】地祈求神为他赐福，结果他变得越来越穷了。

后来，他一气之下抓起那尊神像向墙上摔去，神像的头破了，脑壳里掉出许多金子来。这人把金子拾起来，大声地说："我看你既可恶又愚蠢，我尊敬你的时候，你一点儿好处也不给我；我打烂了你，你却给我这么多好东西。”

[智慧感言]

在生活中，我们自觉或不自觉地“造”了许许多多的“神像”。我们渐渐地习惯仰视“神像”，习惯了充当他们忠贞不贰的信徒。我们不知道每一尊“神像”里，其实都可能藏着金子，只有打碎了它，你才能获得。每个人都应该勇于打破那尊“神像”，拾起属于你自己的金子。

谁说一美元算不了什么

石油大王约翰·洛克菲勒，是美国19世纪的三大富翁之一。【名师点拨：该句平铺直叙，凝练简洁地介绍了约翰·洛克菲勒的身份，不仅给人以较深的印象，还避免了烦琐赘余之嫌。】洛克菲勒享有98岁高寿，他一生至少赚进了10亿美元，捐出的却有7亿5千万。他平时花钱却十分节俭。

有一次，他下班想搭公车回家，缺一美元，就向他的秘书借，并说：“你一定要提醒我还，免得我忘了。”

秘书说：“请别**介意**【专家解疑：把不愉快的事记在心里；在意（多用于否定式）。】，一美元算不了什么。”洛克菲勒听了一本正经地说：“你怎能说算不了什么？把一美元存在银行里，要整整十年才有一美元的利息啊！”

这位亿万富翁对金钱的看法是：人非但不能做钱财的奴隶，而且要把钱财当作奴隶来使用。

［智慧感言］

在财富的积累方面，讲究的是滴水穿石。人们都知道“积少成多，万涓成水”的道理，可是没有几个人能做到，但约翰·洛克菲勒做到了。知道吗？这就是习惯的魔力之所在。

别让自己习惯贫穷

一个人生活一直不太得意，就特地跑去请教一个有名的算命师。

算命师左算右算，最后告诉他：“你40岁以前一定是既**落魄**【专家解疑：①潦倒失意。②放荡不羁。】又贫穷，生活很不如意，对不对？”

这个人听了大为惊讶，觉得算命师简直是神仙：“大师，你可真厉害！我一直都不顺利，命运很坎坷，再过几天我就40岁了。那40岁以后呢？”他充满了期待，等着算命师的回答。

“40岁以后？40岁以后你依然贫穷。”

此人疑惑地问算命师：“为什么？”

“因为你已经**习惯**【专家解疑：①常常接触某种新的情况而逐渐适应。②在长时期里逐渐养成的、一时不容易改变的行为、倾向或社会风尚。】了。”算命师说道。

［智慧感言］

任何事情你只要已经习惯了，而且又不肯改变，那么别人就无法帮助你，拯救你。因此，想要别人帮助你，就要有改变自己的勇气；想要自己拯救自己，就要养成良好的习惯。

选择比努力更重要

白兔、刺猬、乌龟、青蛙、海螺、蚂蚁等一群小动物，站在一起，准备出去玩儿。它们的目的地是前面那座美丽的花园。大嗓门青蛙，高喊一声："走！"大伙立即行动起来。**青蛙边跳边喊："加油！"白兔笑嘻嘻地冲在前头，刺猬紧随其后，乌龟使劲爬动，蚂蚁拼命追赶……**【名师点拨：作者根据各种动物的特征，虚拟了合乎它们特点的语言和动作，使故事更加生动、形象。】

"哟，你们全疯了吧，往哪儿窜呀？"后面隐隐传来了叫声。

大伙儿一惊，扭转身向后一瞧，只见海螺一边咋呼，一边横着往另一个方向爬。

"海螺大哥，方向错啦！"青蛙大声喊道，"快向我们靠拢！"

"去你的，"海螺瞪着眼骂道，"你们都瞎了眼了，只有向我靠拢才对。"

无论大伙儿怎样呼唤，海螺只当没听见，还是横着朝它的那个方向急急爬去。大伙儿叹了口气，只好各赶各的路。海螺喷着白泡沫，独自嘟囔道："我两眼始终正面盯着那座花园，绝对没错儿。它们不听我的，**疏远**【专家解疑：①关系、感情上有距离；不亲密。②使疏远；不亲近。】我，冷落我，准是出于**忌妒**【专家解疑：对才能、名誉、地位或境遇等胜过自己的人心怀怨恨。】。嘿，这不是明摆着的嘛，它们的手脚哪个有我多？……"可是，它的手脚越多，跑得越快，离目的地也就越远了。

［智慧感言］

在信息时代的今天，勤勉和努力是固不可少的。然而，你还必须要知道的就是：方向比努力更重要。固执己见，一意孤行，越有才干，犯的错误也就越严重。

可怜的猴子

科学家将四只猴子关在一个密闭房间里，每天喂很少的食物，把猴子饿得吱吱叫。几天后，实验者从房间上面的小洞放下一串香蕉，一只饿得头昏眼花的大猴子一个箭步冲向前，**可是当它还没拿到香蕉时，就被预设机关所泼出的滚烫热水烫得全身是伤，**【名师点拨：为什么要将猴子烫伤呢？作者不仅为后面故事的转折埋下伏笔，还充分利用这种突兀感吸引了读者的阅读兴趣。】当后面三只猴子依次爬上去拿香蕉时，一样被热水烫伤。于是众猴只好望“蕉”兴叹。

几天后，实验者换了一只新猴子进入房内，当新猴子肚子饿得也想尝试爬上去吃香蕉时，立刻被其他三只老猴子制止，并告知有危险，千万不可尝试。实验者再换一只猴子进入房内，当这只新猴子想吃香蕉时，有趣的事情发生了，这次不仅剩下的两只老猴子制止它，就连没被烫过的新猴子也极力阻止它。

实验继续着，当所有猴子都已换过之后，没有一只猴子曾经被烫过，上头的热水机关也取消了，香蕉**唾手可得**【专家解疑：形容非常容易得到（唾手：往手上吐唾沫）。】，却没有一只猴子敢前去享用。

[**智慧感言**]

有时候，我们并非能力不强，也并非技术不高，而是我们没有足够的勇气，没有积极的心态。大胆去做，别怕犯错，不要太相信习惯和经验，你才会有新的进步和突破。

别让蟑螂害了你

一个人把一只叫作**蟑螂**【专家解疑：昆虫，身体扁平，黑褐色，能发出臭味。常咬坏衣物、污染食物，并能传染伤寒、霍乱等疾病，是害虫。种类很多。也叫蜚蠊。】的东西带到了他的新居。他很快就发现，整间干净的房子都变成了它们的天下。它们的繁殖能力极为惊人。但是它们的危害还远不止于此，真正可怕的是蟑螂最喜欢脏东西，什么地方不干净它就往什么地方去。无论是多干净的地方，只要被它们爬过，也会变成细菌滋生的场所。

这个人企图使用一些手段来杀死它们，如蟑螂屋、蟑螂药等现代化的杀虫剂，但是他发觉蟑螂们也显然进入了现代化。无论何种手段，它们总是越战越强，生生不息。它们的优势是无孔不入，只要有一点点藏身的地方，就可以安顿下来繁殖生养，然后出去传播病毒和肮脏。所以他的衣服，他的箱子，他的柜子，他的床都变成了它们恣意潇洒的舞台。

最后这个人发现，把它们杀死的唯一的办法就是：丢掉所有的衣服，所有的箱子，所有的柜子和床。

［智慧感言］

像那只蟑螂一样，你的坏习惯就像一种慢性病，一开始可能还不会引起你的注意，但是你不重视它，并不意味着它不存在。你发现得越晚，你的损失也就越大。

好词好句

无孔不入

潇洒

* 无论何种手段，它们总是越战越强，生生不息。

谁说小海星微不足道

一个人到海滩上散步，他看见许多海星被早潮冲上海滩，当潮水退去的时候，它们被留在了海滩上。如果被正午毒辣的阳光照射到的话，它们很快就会死去。因为刚刚退潮，所以绝大部分的海星都还活着。**那人向前走了几步，捡起一条海星，把它丢进了海里。**【智慧引路：有时候你的举手之劳或许就能决定他人的命运，甚至关系到他人的生命安全，尤其是在你位高权重的时候或面对弱小群体时。所以我们做任何事情都应该三思而后行。】

他就这样不停地捡啊捡，又一条条把它们扔回海里。有人正走在他的后面，不理解这个人为什么这么做，于是就追上问："你在干什么？海滩上有成千上万条海星，你能够救几条？救不救几个海星又有什么区别？"这个人并没有直接回答他的问题，而是又向前走了几步，捡起一条海星，把它丢进水里，然后转过头来说道："对这条海星来说，捡与不捡有很大区别。"

［智慧感言］

勿以善小而不为，勿以恶小而为之。积小善终成大德，聚小成终筑大器。有很多人壮志满怀地准备着做一番大事业，却不屑于认真做好身边的每件小事。他们不明白：任何伟大的事业都是由诸如"捡一只海星"这样的小事组成的。

好词好句

毒辣

成千上万

*这个人并没有直接回答他的问题，而是又向前走了几步，捡起一条海星，把它丢进水里，然后转过头来说道："对这条海星来说，捡与不捡有很大区别。"

捡起生命中的那枚马蹄铁

父子俩一同穿越沙漠。在经历了漫长的**跋涉**【专家解疑：爬山蹚水，形容旅途艰苦。】之后，他们都疲惫不堪，干渴难忍，每迈出一步都异常艰难。这时父亲看到黄沙中有一枚马蹄铁在阳光的照耀下闪闪发光——那是沙漠先驱者的遗留品。

父亲对儿子说，捡起它吧，会有用的。儿子用不屑一顾的眼神，看了看一望无际的沙漠——有什么用呢？儿子摇摇头。于是，父亲什么也没说，只是弯腰拾起了马蹄铁，继续前行。

终于他们到达了一座城堡，父亲用马蹄铁换了200颗酸葡萄。当他们再次跋涉在沙漠中遭遇干渴时，父亲拿出了酸葡萄，边走边吃，**同时自己吃一颗还丢一颗在地上——儿子每吃一颗便要弯一次腰去捡。**【智慧引路：玉不琢，不成器；人不学，不知道。父亲用一种很特别的方式来教育儿子为人处世的道理，这种良苦用心值得每个做父母的人深思。】

［智慧感言］

拾一块马蹄铁只要弯一次腰，而现在儿子却不得不弯上100次腰。一个你认为无足轻重的小东西，往往到了关键时刻，便成了你化解困难和窘迫的金钥匙。一件你不屑一做的小事，机缘一错过，你就不得不付出百倍的努力。

好词好句

艰难

不屑一顾

* 父亲什么也没说，只是弯腰拾起了马蹄铁，继续前行。

蜜蜂和苍蝇的不同选择

6只蜜蜂【专家解疑：昆虫，体表有很密的绒毛，前翅比后翅大，雄蜂触角长，蜂王和工蜂有毒刺，能蜇人。成群居住。工蜂能采花粉酿蜜，帮助某些植物传粉。蜂蜜、蜂蜡、蜂王浆有很高的经济价值。】和同样数目的苍蝇被装进一个玻璃瓶中，瓶子平放，瓶底朝着窗户。

蜜蜂不停地想在瓶底上找到出口，直到它们力竭倒毙或饿死；而苍蝇则会在不到两分钟之内，穿过另一端的瓶颈逃逸一空。

蜜蜂以为，囚室的出口必然在光线最明亮的地方，它们不停地重复着这种合乎逻辑的行动。对蜜蜂来说，玻璃是一种超自然的神秘之物，它们在自然界中从没遇到过这种不可穿透的大气层。而它们的智力越高，这种奇怪的障碍就越显得无法接受和不可理解。事实上，蜜蜂正是由于对光亮的喜爱，由于它们的智力，才灭亡了。

[智慧感言]

重复昨天的行为，只能得到昨天的结果；选择旧的行为，只能收获旧的果实。要想取得和原来不一样的结果，就要完全打破原来的行为模式，选择不一样的行为。

好词好句

障碍

* 事实上，蜜蜂正是由于对光亮的喜爱，由于它们的智力，才灭亡了。

马太效应的启示

主人要出门到远方去。临行前，他把仆人**召集**【专家解疑：通知人们聚集起来。】起来，按照各人的才干，给他们银子。

后来，主人回来了，就把仆人分别叫进房间，了解他们的使用情况。

第一个仆人说："主人，你交给我 5000 两银子，我已用它赚了 5000 两。"

贵族听了很高兴，赞赏地说："好，善良的仆人，你既然在赚钱的事上对我很忠诚，又这样有才能，**我要把许多事交给你管理。**【智慧引路：贵族根据每个仆人的才能分派任务，这是量才而用的一种体现。管理者只有具备这种能力，才能做到"人尽其才，物尽其用"，真正将资源合理化利用。】"

第二个仆人接着说："主人，你交给我 2000 两银子，我已用它赚了 2000 两。"

贵族也很高兴，赞赏这个仆人说："我可以把一些事交给你管理。"

第三个仆人来到主人面前，打开包得整整齐齐的手绢说："尊敬的主人，看哪，您的 1000 两银子还在这里。我把它埋在地里，听说您回来，我就把它掘了出来。"

贵族的脸色沉了下来，说道："**你这个又愚又懒的仆人，你浪费了我的钱！**【名师点拨：文中那位贵族的语言平淡质朴，直接明朗地道出了自己对第三位仆人的不满情绪。】"

于是主人夺回他这 1000 两银子，给了那个有一万两的仆人，并说："凡是有的还要加给他；没有的，连你所有的也要夺过来。"

［智慧感言］

“凡是有的还要加给他；没有的，连你所有的也要夺过来。”这个道理被称为有名的“马太效应”。埋没钱财，就是浪费，如第三个仆人的作为，把钱留着不行动，也就是最大的浪费。

从致富梦想到牛和鸡

一个富人见一个穷人很可怜，发善心愿意帮他致富。富人送给穷人一头牛，嘱咐他好好开荒，等春天来了撒上种子，秋天就可以远离贫穷了。

穷人满怀希望地开始开荒，可是没过几天，牛要吃草，人要吃饭，日子比过去还难。

穷人就想，**不如把牛卖了，买几只羊，先杀一只吃，**【智慧引路：遇到困难时应当寻找合理的办法去解决问题，切不可鼠目寸光，图一时之快而扼杀永久的幸福。】剩下的还可以生小羊，长大了拿去卖，可以赚更多的钱。

穷人把计划付诸了行动，只是当他吃了一只羊之后，小羊迟迟没有生下来，日子又艰难了，他忍不住又吃了一只。穷人想：这样下去还得了，不如把羊卖了，换成鸡，鸡生蛋的速度要快一些，鸡蛋立刻可以赚钱，日子立刻可以好转。

穷人把计划又付诸了行动，但是日子并没有改变，又艰难了，他又忍不住杀鸡，终于杀到只剩一只鸡时，穷人的理想彻底破灭了。穷人想致富是无望了，还不如把鸡卖了，打一壶酒，三杯下肚，万事不愁。

很快春天来了，发善心的富人兴致勃勃地来送种子，赫然发现，穷人正就着咸菜喝酒，牛早就没有了，房子里依然一贫如洗。

［智慧感言］

很多人都有过像穷人一样的梦想，甚至有过机遇，有过行动，但要坚持到底却很难。穷人总是逃避困难，而富人总能想到解决问题的办法。成功者找方法，失败者找借口。这恐怕就是穷人与富人的区别吧。

行动比心动重要

有个落魄不得志的中年人，每隔两三天就到教堂祈祷，而且他的祷告词几乎每次都相同。

第一次到教堂时，跪在圣坛前，他虔诚地低语：“上帝啊，请念在我多年来敬畏您的分儿上，让我中一次彩票吧！阿门。”

几天后，他又**垂头丧气**【专家解疑：形容情绪低落、失望懊丧的神情。】地来到教堂，同样跪着祈祷：“上帝啊，为何不让我中彩票呢！我愿意更谦卑地服从您，求您让我中一次彩票吧！阿门。”

又过了几天，他再次出现在教堂，同样重复他的祷告。如此周而复始，不间断地祈求着。

到了最后一次，他跪着：**“我的上帝，为何您不聆听我的祷告呢？让我中彩票吧，只要一次，让我解决所有困难，我愿终身侍奉您……**【智慧引路：在困境时求助于虚无缥缈的鬼神，还不如脚踏实地地努力奋斗。】”

就在这时，圣坛上空发出一阵庄严的声音：“我一直在聆听你的祷告，可是——最起码，你也该先去买一张彩票吧！”

[智慧感言]

心动不如行动。要成功就要把希望放在明天，把计划放在今天，把行动放在现在。要想收获，首先要懂得付出，你付出多少，就会收获多少。

你怎么知道她不爱你

一位开出租车的小伙子，深爱着一位开出租车的姑娘。可是，他却一直鼓不起勇气去表白。

后来，开出租车的姑娘嫁给了别人，开出租车的小伙子失望之下，娶了另外一位他根本就不爱的姑娘，做了终身伴侣。

若干年后，当年的小伙子与当年的姑娘各自驾驶着出租车，在一停车坪上**不期而遇**【专家解疑：没有约定而意外地相遇。】。这时，小伙子对姑娘讲起了他年轻时对姑娘的爱慕，并十分肯定地说姑娘根本就不会爱自己——因为在他看来，姑娘从来就没有注意过自己。

可是，姑娘却说："你又没有表白过，你怎么知道我不爱你呢？"

小伙子吃了一惊："你是说，你也曾经爱过我！"姑娘一笑答道："虽然我当时并没有爱上你，但是，我对你很有好感，感情可以慢慢发展嘛。"然而，这一切都太晚了，两辆出租车**分道扬镳**【专家解疑：指分道而行，比喻因目标不同而各奔各的前程或各干各的事情。】了。

[智慧感言]

是啊，你又没有表白过，你怎么知道她不爱你呢，成功往往就是这样，一味地退缩，幸运便与你擦肩而过。勇敢去行动吧，即使失败了，也不会心存遗憾。

把三万个铆钉分开去做

一个小伙子初次到工厂做车工，师傅要求他每天“车”完三万个铆钉。一个星期后，他**疲惫**【专家解疑：非常疲乏。】不堪地找到师傅，说干不了想回家。

师傅问他：“一秒钟车完一个可以吗？”小伙子点点头，这是不难做到的。

师傅给了他一块表，说：“那好，**从现在开始。你就一秒钟车一个，别的都不用管，看看你能车多少吧。**【智慧引路：将目标分散、细小化、阶段化，可以消除人心理上的压力，实践起来会更加轻松，使整个目标在不知不觉中就实现了。】”

小伙子照师傅说的慢慢干了起来，一天下来，他不仅圆满完成了任务，而且居然没有累着。

师傅笑着对他说：“知道为什么吗？那是你一开始就给自己心里蒙上了一层阴影，觉得‘三万’是个多么大的数字。如果这样分开去做，不就是七八个小时吗？”

小伙子**恍然**【专家解疑：形容忽然醒悟。】大悟。

［智慧感言］

分开去做，听起来简单，实则蕴含着无穷的成功智慧。当我们被琐事压得无暇喘息时，不要惧怕，伸出手理出头绪，轻轻地，像拨开水面上的一块块浮冰。这个时候，成功的太阳自然就会亮亮地照进你的心田。

敲响成功门扉的人

法国作家大仲马有一个朋友，他向出版社投稿经常被拒绝。

一天，这位朋友愁眉苦脸地敲开了大仲马的家门，特来求教。

大仲马的建议很简单：请一个职业抄写人把他的稿子干干净净抄写一遍，再把题目做些**修改**【专家解疑：改正文章、计划等里面的错误、缺点。】。

这位朋友听从了大仲马的建议，结果他的文章就被一个以前拒绝过他的出版商看中了——**再好的文章，如果书写太潦草，又谁会有耐心去拜读呢**【智慧引路：这句话说明了细节决定成败，做事不可马虎的道理。】？

[智慧感言]

在成功的路上，苦苦追求的人偶尔不小心也会敲响成功殿堂的门扉，只是那殿堂的主人也会在想：这人凡事都那么漫不经心，那么消极悲观。算了，还是让他在外面等一会儿吧！

如何拥有 100 万

一位年轻人在大学读书，有一天他向校长提出了改进大学教育问题的若干建议。他的意见没被校长接受，于是他决定自己办一所大学，自己当校长来消除这些**弊端**【专家解疑：由于工作上有漏洞而发生的损害公益的事情。】。

办学校至少需要 100 万美元。上哪儿去找这么多钱呢？等毕业后去挣，那太遥远了。于是，他每天都在寝室内苦思冥想如何能有 100 万美元。同学们都认为他有神经病，梦想天上掉下钱来。但年轻人不以为然，他坚信自己可以筹到这笔钱。

终于有一天，他想到了一个办法。他打电话到报社说，他准备明天举行一个演讲会，题目叫《如果我有 100 万美元》。第二天的演讲吸引了许多商界人士。**面对台下诸多成功人士，他在台上全心全意、发自内心地说出了自己的构想。**【智慧引路：有了好的想法，要大胆地去尝试，一定要去实践才有可能将其变为现实。】最后演讲完毕，一个叫菲利普·亚默的商人站了起来，说："小伙子，你讲得非常好。我决定投资 100 万，就照你说的办。"就这样，年轻人用这笔钱办了亚默理工学院，也就是现在著名的伊利诺理工学院的前身。这个年轻人就是后来备受人们爱戴的哲学家、教育家冈索勒斯。

［智慧感言］

生活中无论做什么事，付诸行动尤为重要。如果说敢想就成功了一半，那么另一半就是去做。立刻行动，现在就去行动，大量的行动，持续不断的行动。这样，你才会成功。

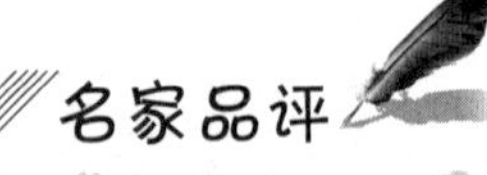

名家品评

从小养成一个好的习惯，不仅是成就完美人生的首要条件，更能在无形之中对生活和工作有着莫大的帮助。正如成功学大师拿破仑·希尔所说：“播下一个行动，你将收获一种习惯；播下一种习惯，你将收获一种性格；播下一种性格，你将收获一种命运。”如本章中《马太效应的启示》，它反映出的道理虽然很残酷，但在现实生活中却真真切切地存在，人们只有通过努力去改变自己，而无法破坏其规律；如《别让自己习惯贫穷》一文，它向人们阐述的是只有与厄运做斗争，养成努力拼搏的性格，才能使自己成为真正的强者。所以说习惯能够改变人的一生，性格决定人的命运。

阅读思考

1. 维克多·格林尼亚是如何从挫折中走出来的？
2. 如何看待约翰·洛克菲勒的金钱观？
3. 冈索勒斯是如何开办学校、实现自己的梦想的？

第二章

信念篇

信念是人内心的精神支柱，是促使人前进的动力。有了坚定的信念才能促使人勇往直前，最终摘取成功的果实。三只掉进奶油桶的青蛙，为什么只有一只能存活下来呢？一位画家画了一片绿叶，为什么能够拯救一位身患绝症的病人？为什么说“三天学医，走遍天下；三年学医，寸步难行”，这中间究竟隐含着怎样的道理呢？

谁说环境决定人生

一个人嗜酒如命且毒瘾甚深，有好几次差点儿送了命，因为在酒吧里把看不顺眼的一位酒保杀了，被判**死刑**【专家解疑：剥夺犯人生命的刑罚。】。

这个人有两个儿子，年龄相差一岁。**其中一个跟父亲一样，有很重的毒瘾，靠偷窃和勒索为生，也因犯了杀人罪而坐牢。另外一个儿子可不一样了，他担任一家大企业的分公司经理，有美满的婚姻，有三个可爱的孩子，既不喝酒更未吸毒。**【智慧引路：同样的环境影响下，兄弟两人的性格和行为竟能产生如此巨大的差异，这充分说明环境对人的影响力有限，决定一个人的成就和人生最重要的因素还是在于自己。】

为什么同出于一个父亲，在完全相同的环境下长大，两个人却又有着不同的命运？一次访问中，记者问起造成他们现状的原因，二人竟是同样的答案："有这样的父亲，我还能有什么办法？"

［智慧感言］

在生活中，我们总是说有什么样的环境就有什么样的人生。这实在是再荒谬不过了。影响我们人生的绝不是环境，而是我们对这一切持什么样的态度。面对人生逆境或困境时所持的态度，远比任何事都来得重要。

一念之差

一个叫塞尔玛的美国年轻女人随丈夫到沙漠腹地参加军事演习。塞尔玛孤零零一个人留守在一间集装箱一样的铁皮小屋里，炎热难耐，周围只有墨西哥人与印第安人。因为他们不懂英语，也无法进行交流。她寂寞无助，烦躁不安，夜夜做着在冰冷的海水中被怪兽追逐的噩梦，于是写信给她的父母，想离开这鬼地方。父亲的回信只写了一行字："两个人同时从牢房的铁窗口望出去，一个人看到了泥土，一个人看到了繁星。"塞尔玛开始没有读懂其中的含义，反复读过几遍后，才感到无比惭愧，决定留下来在沙漠中去寻找自己的"繁星"。

好词好句

孤零零

惭愧

* 她寂寞无助，烦躁不安，夜夜做着在冰冷的海水中被怪兽追逐的噩梦，于是写信给她的父母，想离开这鬼地方。
* 两个人同时从牢房的铁窗口望出去，一个人看到了泥土，一个人看到了繁星。

她一改往日的消沉，积极地面对人生。她与当地人交朋友，学习他们的语言。她付出了热情，人们也回报了她热情。她非常喜爱当地的陶器与纺织品，于是人们便将舍不得卖给游客的陶器、纺织品送给她做礼物，塞尔玛很受感动。她的求知欲望与日俱增。她十分投入地研究了让人痴迷的仙人掌和许多沙漠植物的生长情况，还掌握了有关土拨鼠的生活习性，观赏沙漠的日出日落，并饶有兴致地寻找海螺壳……她为自己的新发现而激动不已。她于是拿起了笔，一本名为《快乐的城堡》的书两年后出版了。

[智慧感言]

塞尔玛最终通过自己的努力看到了“繁星”，因为她用积极的冒险与进取代替了原来的痛苦与沉寂。沙漠没有变，当地的居民没有变，只是塞尔玛的人生视角变了。一念之差使她变成了另外一个人。

好词好句

与日俱增

* 她十分投入地研究了让人痴迷的仙人掌和许多沙漠植物的生长情况，还掌握了有关土拨鼠的生活习性，观赏沙漠的日出日落，并饶有兴致地寻找海螺壳……

找出关键点

美国福特汽车公司要排除一台大型发动机的故障，请了很多人都**束手无策**【专家解疑：形容一点儿办法也没有。】，最后请来了德国著名的电机专家斯坦门茨。

斯坦门茨围着机器转了两圈后，用粉笔在电机外壳的某处画了一个“×”，然后吩咐公司负责人说：“把做记号处的线匝减少16匝。”难题**迎刃而解**【专家解疑：用刀劈竹子，劈开了口，下面的一段就迎着刀口自己裂开（语出《晋书·杜预传》）。比喻主要的问题解决了，其他有关的问题就可以很容易地得到解决。】，斯坦门茨索要了1万美元的报酬。

许多人不解地议论纷纷，说画一个“×”就要1万美元，实在是太多了。斯坦门茨的回答道是，用粉笔画一个“×”，值1美元，知道在哪里画“×”值9999美元。

此语一出，众人皆默然。

[智慧感言]

画“×”是人人都能做到的，知道具体在哪里画“×”却是极少数人才具备的才能。许多人常常抱怨自己的待遇太低，却很少在心底问过自己是否具备获取高报酬的本领。

饭店经理与擦鞋匠

饭店经理在大厅外散步时，遇到了一位**愁眉苦脸**【专家解疑：形容愁苦的神情。】的擦鞋匠。饭店经理走过去用手拍着擦鞋匠的肩膀安慰说：

"朋友何必这样悲观，我年轻的时候也曾给人擦过皮鞋，可你瞧，我现在却是这个大饭店的**经理**【专家解疑：①经营管理。②企业中负责经营管理的人】了。你应积极地参与社会的自由竞争才好。"

擦鞋匠望着这位得志的经理回答道：

"唉！**我原来也是大饭店的老板，可现在怎么样，却在这里给人擦皮鞋……这就是因为社会自由竞争的缘故。**【智慧引路：同样是市场竞争，给两个人带来的命运却是如此迥异，这首先是因为他们的信念和心态不一样，因而也就导致了他们对待工作的态度不一样，于是随着时间的变化也就成就了两种完全不一样的人生。】"

［智慧感言］

一个从高处跌落下来的失败者，希望破碎的痛苦是无法驱除的，失败的英雄并不好当，因为失败的阴影是这样沉重。我们每个人要做的，就是一定想方设法去成为那个饭店经理而不是愁眉不展的擦鞋匠。

写什么得到什么

心理学家做过一个实验。

用两组完全相同的人像，一组人像下写上"凶恶""残暴""阴险""狠毒"等消极的词语，另一组的下面则写上"正直""勇敢""坚强""无私"等积极的词语。

心理学家请两组测试者分别对两组人像做职业估计。结果前一组人像的职业估计大多是罪犯、歹徒等，后一组的职业估计则多是军人、警察等。

[智慧感言]

看来，在追寻成功的道路上，我们用“语言”“图像”在我们的心上写什么，我们就将得到什么。暗示不可抗拒，就因为它“暗”，所以能够潜移默化。

风险无处不在

一个**灵魂**【专家解疑：①迷信的人认为附在人的躯体上作为主宰的一种非物质的东西，灵魂离开躯体后人即死亡。②心灵；思想。③人格；良心。④比喻起主导和决定作用的因素。】要求上帝派给他一个最好的“形象”。

上帝回答：“你准备做人吧。”

“做人有风险吗？”灵魂问。

“有。**钩心斗角**【专家解疑：原指宫室结构精巧工致，后用来指各种心机，互相排挤。】，残杀，诽谤，夭折，瘟疫……”上帝答道。

“另换一个吧！”

“那就做马吧！”

“做马有风险吗？”

“有。受鞭笞，被宰杀……”

他又要求换一个。换成老虎，得知老虎也有风险。再换成植物，了解植物也是存在风险。

“啊，恕我斗胆，看来只有您上帝没风险了，我留下，在你身边吧！”

上帝哼了一声：“我也有风险，人世间难免有冤情，我也难免被人责问……”

说着，上帝顺手扯过一张鼠皮，包裹了这个灵魂，推下界来：“去

吧，你做它正合适。【**名师点拨**：不愿意冒任何风险，不愿意承担任何责任，胆小如鼠，所以上帝给了他一张鼠皮，达到了很好的讽刺效果。】”

[**智慧感言**]

风险几乎无处不在，无时不有。正如歌德所说：“你若失去了财产——你只失去了一点儿；你若失去了荣誉——你就丢掉了许多；你若失掉了勇敢——你就把一切都失掉了！”如果你想得到，一定要具有勇敢地面对困难的态度。

星星与帐篷

两个人结伴到山里露营。半夜醒来的时候，一个人问另一个人：“你看到了什么呀？”

另一个人回答：“我看到满天的星星，深深感觉到宇宙的浩瀚，造物主的伟大，我们的生命是多么的渺小和短暂……那你看到了什么？”

那个先开口说话的人冷冷地说：“我看见有人把我们的帐篷偷走了。”

[**智慧感言**]

只看星星不顾眼前的纯浪漫主义者可能会被冻死、饿死，而完全埋头于事务没有想象力的现实主义者却又太枯燥乏味。人生需要的是，把理想生活的想象和现实中的冷静处理有效地结合起来。

带一些空杯上路

在一次培训课上，讲师在他面前的桌子上放了两个杯子。其中的一个杯子是空的，另一个是满的。正在学员们和往常参加学习培训一样要么**交头接耳**【**专家解疑**：彼此在耳朵边低声说话。】、要么无精打采的时候，讲师清了清嗓子对大家说："今天的培训课程大家可以不听，但我接下来分享的游戏却会影响你的一生！"这时，培训室里多少静了一些。

讲师拿起一瓶矿泉水向盛满水的那个杯子倒去。台下的学员莫名其妙地看着这一情景，有的人以为讲师的视力不好，赶忙提醒老师——正倒的这个杯子是满的。

没有想到，由于讲师的置若罔闻，满杯子里的水溢了一桌子。台下的学员终于忍不住，异口同声地抗议：

"别倒了！杯子已经装不下了。"

讲师这才停住手，慢悠悠地说："是啊，装不下了。你们也是这样，**要想学到更多的学问，就必须把大脑腾出空来，把原有的东西都清除出去。**"

接着，讲师又拿起一瓶矿泉水向剩下的那个空杯子倒去，空杯子很快就被讲师倒得满满的。

好词好句

无精打采

置若罔闻

* 台下的学员莫名其妙地看着这一情景，有的人以为讲师的视力不好，赶忙提醒老师——正倒的这个杯子是满的。

哲理名言

要想学到更多的学问，就必须把大脑腾出空来，把原有的东西都清除出去。

［智慧感言］

在人生的旅途中，要时时刻刻带一些空杯上路。你的杯子倒得越空，你将来的杯子也就会越满。相反，你的杯子现在盛得越满，你的杯子将来也就会越来越空。

三年学医，寸步难行

一个学生问他的老师："老师，**你掌握的知识比我多许多倍，可是为什么你对自己的解答总是有点儿怀疑呢？**【智慧引路：谦虚的心态、严谨的治学方式才能让学生学有所获。】"

老师用手杖在沙土上面画了个大圆圈，又画了个小圆圈，然后说："大圆圈的面积代表我掌握的知识，小圆圈的面积代表你掌握的知识，这两个圆圈以外的地方就是你和我无知的部分。因为大圆圈比小圆圈大，因而接触的无知的部分也比小圆圈多，这就是我常常怀疑自己的原因。"

［智慧感言］

三天学医，走遍天下；三年学医，寸步难行。承认自己无知、少知为智者之举。谦虚的态度和强烈的求知欲，叫人敬仰；自我感觉良好、自以为知之甚多者，则恰恰给人一个无知的印象。

随时准备一个废纸篓

据说爱因斯坦被带到普林斯顿高级研究所为他准备的办公室的那天，管理人员问他需要什么用具。

爱因斯坦回答说："我看，一张桌子或台子，一把椅子和一些纸张钢笔就行了。啊，对了，还要一个大废纸篓。”

“为什么要大的？”

“好让我把所有的错误都扔进去。【智慧引路：只有正视、丢掉、改正自己的错误，才能取得进一步的成功。】”

［智慧感言］

可惜这个世界只有一个爱因斯坦。成不了爱因斯坦的人于是养了一大批“孩子”，个个都叫错误。他们溺爱、包庇、疼爱着自己的“孩子”。丢弃错误，我们才会看到一条向上的路。

心别被烧伤

在一次火灾中，一个小男孩儿被烧成重伤，虽然医院全力**抢救**【专家解疑：在紧急危险的情况下迅速救护。】脱离了生命危险，但他的下半身还是没有任何知觉。**医生悄悄地告诉他的妈妈，这孩子以后只能靠轮椅度日了。**【名师点拨：作者首先点出小男孩儿要面对的残酷现实，为后文中他坚持不懈的努力做铺垫。】

一天，天气十分晴朗，妈妈推着他到院子里呼吸新鲜空气，然后妈妈有事离开了。一股强烈的冲动自男孩儿的心底涌起：我一定要站起来！他奋力推开轮椅，然后拖着无力的双腿，用双肘在草地上匍匐前进，一步一步地，他终于爬到了篱笆墙边。接着，他用尽全身力气，努力地抓住篱笆墙站了起来，并且试着拉住篱笆墙行走。未走几步，汗水从额头滚滚而下，他停下来喘口气，咬紧牙关又拖着双腿再次出发，直到篱笆墙的尽头。

就这样，每一天男孩儿都要抓紧篱笆墙练习走路。可一天天过去了，他的双腿仍然没有任何知觉。他不甘心困于轮椅的生活，握紧拳头告诉自己，未来的日子里，一定要靠自己的双腿来行走。终于，**在一个清晨，当他再次拖着无力的双腿紧拉着篱笆行走时，一阵钻心的疼痛从下身传了过来。**【智慧引路：功夫不负有心人，只有锲而不舍地努力，才能摘取成功的果实。】那一刻，他惊呆了。他一遍又一遍地走着，尽情地享受着别人避之唯恐不及的钻心般的痛楚。

从那以后，男孩儿的身体恢复得很快。先是能够慢慢地站起来，扶着篱笆走上几步。渐渐地他便可以独立行走了，最后有一天，他竟然在院子里跑了起来。自此，他的生活与一般的男孩子再无两样。到他读大学的时候，他还被选进了田径队。

他就是葛林·康汉宁博士，他曾经跑出过全世界最好的成绩。

［智慧感言］

在很多时候，一些看似不可能的事情，只要我们始终相信，并且勇于探索、实践，我们的梦想就会变成现实。相信，你就能看见。寻找，你就能得到。

乞丐的思维

一个乞丐懒洋洋地斜躺在地上，在他面前放着一只破碗，旁边还放着一根讨饭棍。**每天都有很多人从他跟前经过，有的人见他很可怜，就在他的破碗里丢几个硬币。**【智慧引路：行乞是一种懒惰的行为，真正意志坚强、积极向上的人，即便是缺手少足，也能根据自己的特长闯出一片属于自己的天地。】

有一天，在这个乞丐的面前出现了一个穿戴非常整齐的年轻律师，这个律师对他说："先生您好，您的一个远房亲戚不幸去世了，留下了 3000 万美元的遗产，根据我们的调查，您是这笔遗产的唯一继承人，所以请你在这份文件上签个字，这笔遗产就属于您的了。”一瞬间，这个人从**一无所有**【专家解疑：什么都没有，多形容十分贫穷。】的乞丐变成了富翁。

有个记者采访他：“您得到这笔3000万的遗产后，最想做的是什么事呢？”这个人回答说：“我首先要去买一只像样一点儿的碗，再去买一根漂亮的棍子，这样我就可以像模像样地讨饭了。”

［**智慧感言**］

信念决定了你的一生，如果在你的内心深处，认为自己是一个穷人，那你永远也不可能成为富翁。你想要成为富翁，就要相信自己一定可以成功致富，并像富翁那样去思考和行动。

决不、决不、决不能放弃

1948年，牛津大学举办了一个主题为“成功秘诀”的**讲座**【专家解疑：一种教学形式，多用于报告会、广播、电视或刊物连载的方式进行。】，邀请丘吉尔前来演讲。

演讲的那一天，会场上人山人海，全世界各大新闻媒体都到齐了。

丘吉尔用手势止住大家雷鸣般的掌声，说：“我的成功秘诀有三个：第一是，决不放弃；第二是，决不、决不放弃；第三是，决不、决不、决不能放弃！我的演讲结束了。”

说完他就走下了讲台。

会场上沉寂了一分钟后，突然爆发出热烈的掌声，那掌声经久不息。

［智慧感言］

一个人一直坚持到最后，实在是比较困难的。世界上成功者微乎其微，平庸者多如牛毛就是最好的证明。成功的秘诀就是如此简单。因为在这个世界上，真正的失败只有一个，那就是彻底放弃，从此不再努力。

隔了一个冬天的财富

有两个叫阿呆和阿土的渔民，他们老实巴交却都梦想着成为大富翁。有一天，阿呆做了一个梦，梦见对岸岛上教堂后面种有 49 棵朱槿，其中开红花的那一株下埋有一坛黄金。阿呆满心欢喜地驾船去了对岸的小岛。岛上教堂后面果然种有 49 棵朱槿。

此时已是秋天，阿呆便住了下来，等候春天的花开。肃杀的隆冬一过，朱槿花一一盛开了，但都是**清一色**【**专家解疑**：①指打麻将时某一家由一种花色组成的一副牌。②属性词。全部由一种成分构成或全部一个样子。】的淡黄。阿呆没有找到开红花的那一株。教堂的神甫也告诉他从未见过哪棵朱槿开红花。阿呆便垂头丧气地驾船回到了村庄。

后来，阿土知道了这件事，他就用几文钱向阿呆买下了这个梦。阿土也去了那座教堂。又是秋天，阿土也住下来等候花开。第二年春天，朱槿花凌空怒放，寺里一片灿烂。奇迹就在那时出现了：果然有一棵朱槿盛开出美艳绝伦的红花。阿土激动地在树下挖出一坛黄金。后来，阿土成了村庄里最富有的人。

阿呆与富翁的梦想只隔了一个冬天。他忘了把梦带入第二个灿烂花开的春天，而那些足可令他一世激动的红花就在第二个春天盛开了！

[**智慧感言**]

我们的人生何曾不充满梦想。那朵绝艳的朱槿花几度在你我的心灵深处摇曳，那无限风光我们几欲揽尽。然而我们总是习惯于守候第一个春天，面对第一个季节的荒芜，我们往往轻率地将第二个春天弃之于门外，将梦交还于梦。

好词好句

垂头丧气
凌空怒放
美艳绝伦
* 他忘了把梦带入第二个灿烂花开的春天，而那些足可令他一世激动的红花就在第二个春天盛开了！

三只青蛙的命运

三只青蛙掉进了鲜奶桶中。

第一只青蛙说："这是命。"于是它盘起后腿，一动不动地等待着死亡的降临。【智慧引路：面对厄运不做任何改变，只是一味地等待，最终只会走向灭亡。】

第二只青蛙说："这桶看来太深了，凭我的跳跃能力是不可能跳出去的。我今天死定了。"于是，它沉入桶底淹死了。

第三只青蛙打量着四周说："真是不幸！但我的后腿还有劲。我要找到垫脚的东西，跳出这可怕的桶！"

于是，**它一边划一边跳，慢慢地，奶在它的搅拌下变成了奶油块，**【智慧引路：量变是质变的必要过程，质变是量变的必然结果。努力的次数多了，好运自然就会降临到你的头上。】在奶油块的支撑下，这只青蛙纵身一跃，终于跳出了奶桶。

［智慧感言］

如此说来，是希望救了第三只青蛙的命。别人之所以能救你，是因为你自己永不放弃。坚定的意志，必胜的信念，持续的行动，一定会创造出你自己的奇迹。

最后一片树叶

有个病人躺在病床上，绝望地看着窗外一棵被秋风扫过的**萧瑟**【专家解疑：①形容风吹树木的声音。②形容冷落、凄凉。】的树。他突然发现，在那棵树上，居然还有一片葱绿的树叶没有落。病人想：

等这片树叶落了，我的生命也就结束了。于是，他终日望着那片树叶，等待它掉落，也悄然地等待自己生命的终结。但是，那树叶竟然一直未落，直到病人身体完全恢复了健康，**那树叶依然碧如翡翠。**【名师点拨：作者用比喻的手法对树叶加以诠释，使整个语句更加生动、形象。】

其实，那树上并没有树叶，树叶是一位画家画上去的，它不是真树叶，但它达到了真树叶生动真实的效果，给了那位病人一个坚强的信念，结果他真的康复了，走出病房去那棵树下看个究竟。

他站在树下，被画家的用心感动了。

因为画家是唯一了解他内心秘密的人，画家知道他在等待树叶全部掉落之后，再悄然地终结自己的生命。于是，画家顺着病人的心思设计了这么一片假树叶。**就是这片假树叶，给他不断活下去的勇气。**【智慧引路：信念是人们精神的支柱，勇气是人们步入成功的阶梯。】

［智慧感言］

“活着，只要那片树叶不落，我的生命就不会终结。”其实，真正有生命力的不是那片树叶，而是人的信念。要让生命的树叶永不凋零，首先让我们心中的叶子永不凋零。

拥有一颗坚强的心

一天，年轻人去见一位智者。

“请问，怎样才能成功呢？”年轻人恭敬地问。

智者笑笑，递给年轻人一颗花生：“它有什么特点？”

年轻人愕然【专家解疑：形容吃惊。】。

“用力捏捏它。”智者说。

年轻人用力一捏，当然被他捏碎的是花生壳，却留下了花生仁。

“再搓搓它。”智者说。

年轻人照着他的话做，毫无疑问，它的红色的种皮也被自己搓掉了，只留下白白的果实。

“再用手捏它。”智者说。

年轻人用力捏着，但是他的手无法再将它毁坏。

“用手搓搓看。”智者说。

当然，什么也搓不下来。

“**虽屡遭挫折，却有一颗坚强的百折不挠的心。这就是成功的秘密。**”智者说。

[智慧感言]

成功的秘诀之一不就是握紧失败的手，然后百折不挠地坚持下去吗？坚定的意志和强烈的成功欲望永远是成功的不二法则。虽屡遭挫折，却有一颗坚强的百折不挠的心。这就是成功的秘密。

别低估自己的价值

心理学【专家解疑：研究心理现象客观规律的学科。心理现象指认识、情感、意志等心理过程和能力、性格等心理特征。根据不同的研究领域和任务分普通心理学、儿童心理学、教育心理学等。】家在一所著名的大学中选了一些运动员做实验。

哲理名言

虽屡遭挫折，却有一颗坚强的百折不挠的心。这就是成功的秘密。

他们要这群运动员做一些别人无法做到的运动，还告诉他们，由于他们是国内最好的运动员，因此他们一定能做得到。

这群运动员分为两组，第一组到了体育馆后，虽然尽力去做，但还是做不到。

第二组到体育馆后，研究人员告诉他们第一组失败了。

“但你们这一组不同。”研究人员说，“把这个药丸吃下去，这是一种新药，会使你们达到超人的水准。”

结果第二组运动员很容易就完成了那些困难的练习。

“那是什么药丸？”参加者问道。

“不过是粉末而已。”【智慧引路：世界上如果有什么灵丹妙药能助你成功的话，那便是自信。只有相信自己行，你才能行。】

［**智慧感言**］

第二组之所以完成不可能的运动，是因为他们相信自己能行。如果你相信自己可以，也就能完成一切你要做的事。大部分人遭到失败的原因，在于他们错误地判断自己的能力，低估了自己的价值。

别让想象害了你

在第二次世界大战时期，德国科学家为了执行希特勒的命令，做了一项惨无人道的心理实验。

他们找了一位**俘虏**【专家解疑：①打仗时捉住（敌人）。②打仗时捉住的敌人。】，然后告诉他，将在他身上做一项生理实验，就是在他的手腕上划一个口子，然后看着他体内的血一滴一滴地流光的生理反应。

这些德国士兵把这位战俘绑在实验台上，用黑布蒙上他的眼睛，然后用一块很薄的冰块在他的手腕上划了一下。同时科学家在他的手腕上放置了一个吊瓶，吊瓶里的水温跟人体血液的温度差不多，吊瓶管子的一端，放在这个战俘的手腕上方，于是水就从他的手腕慢慢地流下来。在他的手腕下方，科学家放了一个铁桶，当这个战俘听着“滴答”“滴答”的水声的时候，他就以为自己的血在往外流了。**当然，他的手腕并没有被划破，但是他以为被划破了。**【智慧引路：正是因为战俘以为自己的血管被割破了，有了强烈的心理暗示，因此才能在意念之下将根本不存在的事情幻想成现实。】

过了一个小时，这个战俘真的死了，而且死去的反应跟失血而死的人一模一样。因为他相信自己被放了血，于是就被自己吓死了。

［智慧感言］

看来，任何的想象，只要你重复的次数多，而且越来越逼真，都有实现的可能。因为，人的潜意识分不清楚事情是真是假，通过你不断的想象，你只要相信它，终究会成为事实。

生命链条

有个老铁匠，他打的铁链比谁都牢固，可是因为他木讷又不善言辞，所以卖出的铁链很少，所得的钱仅仅够勉强糊口而已。

人家说他太老实，但他却不管这些，仍旧**一丝不苟**【专家解疑：连最细微的地方也不马虎，形容办事认真。】地把铁链打得又结实又好。有一次，他打好了一条船用的巨链，装在一条大海轮的甲板上做了主锚链。这条巨链放在船上好多年都没有机会派上用场。有一天晚上，海上风暴骤起，风急浪高，随时都有可能把船冲到礁石上。船上其他的锚链都像纸做的一样，根本受不住风浪，全都被挣断了。

最后，大家想起了那条老铁匠打的主锚链，把它抛下海去。

全船一千多名乘客和许多货物的安全都系在这条铁链上。**铁链坚如磐石，它像只巨手紧紧拉住船，在狂虐的暴风中经住了考验，保住了全船一千多人的生命。**【智慧引路：唐太宗有言：疾风知劲草，板荡识诚臣。一个人能否经受得住考验，大多数时候只有在危急的关头才能表现出来。】

当风浪过去，黎明到来，全船的人都为此热泪盈眶，欢腾不已……

［智慧感言］

我们必须像文中的老人一样，懂得扎实地打好每一锤，竭尽全力精心地去打造属于自己的坚韧，命运的巨轮才不会在恶浪的击打中倾覆，在关键时刻，要知道，一根结实牢固的生命链条，会让所有阴云密布的笼罩，顷刻间变成秋水长天的海阔天空。

等你敲到第十下就会开门

一对大学读书时曾经的恋人，后来因为一件小事闹翻了。毕业后，他们天各一方，各自走过了一条坎坷的人生旅途。**他们的婚姻都不太美满，所以时时怀念年轻时的那段恋情。**【智慧引路：人总是在不幸的时候才会懂得曾经的美好，然而，逝者如斯，往事不可追，美好的往昔终究只是一场春梦。】如今白发爬上了两鬓，一个偶然的机会，他们又相聚了。闲谈中他们谈起了那一件事。

好词好句

坎坷

* 如今白发爬上了两鬓，一个偶然的机会，他们又相聚了。

男人问女人："那天晚上，我来敲你的门，你为什么不开门？"

女人说："我在门后等你。"

"等我？等我干什么？"

"等你敲第十下才开门——可你只敲了九下！"

男人和女人都为这件事后悔了。女人后悔自己过于**执拗**【专家解疑：固执任性，不听从别人的意见。】，她完全可以在男人敲第九下的时候把门打开，或者在他离去时把他叫回来，这样，她已经很有面子了，为什么非要坚持等那第十下不可呢？

男人呢？几十年后如梦初醒：原来那扇门并没有关死呀！可我为什么不继续敲下去呢？只要多敲一下，一切就会完全不同了呀！

［**智慧感言**］

生命当中，有许多错失，有时错在固执地坚持了不该坚持的，或者错在轻易放弃了不该放弃的。但该坚持的，永远不能放弃。

每天进步 1%

1986 年美国职业篮球联赛开始之初，洛杉矶湖人队面临重大的挑战。在前一年湖人队有很好的机会赢得冠军，当时所有球员的状态都处于巅峰，可是决赛时却输给了波士顿凯尔特人队，这使得教练派特·雷利和所有的球员都极为**沮丧**【专家解疑：灰心失望。】。

派特为了使球员相信自己有能力登上冠军宝座，便告诉大家：只要能在球技上进步 1%，那个赛季便会有出人意料的好成绩。

1%的成绩似乎是**微不足道**【专家解疑：非常渺小，不值得一提。】的，可是，如果 12 个球员每人都进步 1%，整个球队便能比以前进步 1%，湖人队便足以赢得冠军宝座。

结果，在后来的比赛中，大部分球员进步不止5%，有的甚至高达50%以上，这一年居然是湖人队夺冠最容易的一年。

［智慧感言］

如果一个人每天进步1%，一年进步了多少，连你自己都无法想象。如果一个国家里的每个公民都这样做，那么这个民族在世界上的地位将是什么样子更叫人难以想象。

只选了一把椅子

有人向世界歌坛超级巨星鲁契亚诺·帕瓦罗蒂讨教成功秘诀。帕瓦罗蒂提到自己问父亲的一句话。

师范院校毕业时，痴迷音乐并有相当音乐素养的帕瓦罗蒂问父亲："我是当教师呢，还是做歌唱家？"父亲告诉他：**"如果你想同时坐在两把椅子上，你可能会从椅子中间掉下去。生活要求你只能选一把椅子坐上去。"**

帕瓦罗蒂选了一把椅子——做个歌唱家。经过7年的努力与失败，帕瓦罗蒂才首次登台亮相。又过了7年，他终于登上了大都会**歌剧**【**专家解疑**：综合诗歌、音乐、舞蹈等艺术而以歌唱为主的戏剧。】院的舞台。

［智慧感言］

你职业的目标只能确定一个，这样才会凝聚起人生的全部合力。确定了职业目标，坚定信念、脚踏实地走一条道路，哪怕这

哲理名言

如果你想同时坐在两把椅子上，你可能会从椅子中间掉下去。生活要求你只能选一把椅子坐上去。

条路崎岖不平，同行者寥寥无几，你只要甘于忍受孤独和寂寞，在诱人的岔路口仍不改初衷，就会苦尽甜来如愿以偿。

别让门关住你自己

一个木匠做得一手好门。他给自家做了一扇门，**他认为这门用料实在、做工精良，一定会经久耐用。**【**名师点拨**：“他认为”三个字表示这种想法只是木匠的主观意愿，作者本人对此并不发表任何意见。有很多文学名著（尤其是近现代小说）作者在创作时也运用了这种或与此类似的手法，小朋友以后如果有机会给这类名著写评论，一定要注意这一点。】

后来，门上的钉子锈了，掉下一块板，木匠找出一颗钉子补上，门又完好如初。后来又掉下一颗钉子，木匠就又换上一颗钉子。

后来又有一块板坏了，木匠就又找出一块板换上。后来门闩坏了，木匠就又换了一个门闩……

于是**若干**【**专家解疑**：疑问代词。多少（问数量或指不定量）。】年后，这扇门虽经无数次破损，但经过木匠的精心修理，仍坚固耐用。木匠对此甚是自豪。

忽然有一天邻居对他说：“你是木匠，你看看你家这门？”木匠仔细一看，才发觉邻居家的门一扇扇样式新颖、质地优良，而自己家的门却又老又破，满是补丁。

于是木匠明白了：是自己的这门手艺阻碍了自家门的发展。

［**智慧感言**］

学一门手艺很重要，但换一种思维更重要，行业上的造诣是一笔财富，但也是一扇门，会关住自己。故步自封，墨守成规，只能将事情办糟。思维要随事物的变化而变化，你才能适应这个世界的发展。

时间管理的艺术

为了解释有效的时间管理对于**职业**【专家解疑：①个人在社会中所从事的作为主要生活来源的工作。②属性词。专业的；非业余的。】生涯的重要性，老师让学生拿来了一个装水的罐子，然后装进鹅卵石，问他的学生：“这罐子是不是满的？”

“是！”学生回答说。

老师又拿出一袋碎石子，从罐口倒下去，问：“这罐子现在是不是满的？”学生沉默。【智慧引路：因为有了第一次出错，所以第二次时学生们都保持沉默，这是一种难得的反思精神。】

老师又从桌下拿出一袋沙子倒进罐子里，再问学生，“这个罐子是满的吗？”

“好像满了。”同学回答说。

老师又从桌底下拿出一大瓶水，把水倒在看起来已经填满了的罐子里……

［智慧感言］

从这个故事中，你学到了什么道理？无论我们的工作多忙，行程排得多满，如果要督促一下自己的话，还是可以多做许多事的，这就是一种时间管理的艺术。

隔行如隔山

1929 年，丘吉尔的老朋友、美国证券巨头伯纳德·巴鲁克陪丘吉尔参观华尔街股票交易所。那里紧张热烈的气氛深深地**感染**【专家解疑：①病原体侵入机体，在机体内生长繁殖引起病变；受到感染。②通过语言或行为引起别人相同的思想感情。】了丘吉尔。丘吉尔开始玩股票了。他的头一笔交易很快就被套住了，这叫他很丢面子。他又瞄准了另一支很有希望的英国股票，但股价偏偏不听他的指挥，一路下跌。他又被套住了。

如此折腾了一天，丘吉尔做了一笔又一笔交易，陷入了一个又一个泥潭。下午收市钟响，丘吉尔惊呆了，他已经资不抵债要破产了。正在他绝望之时，巴鲁克递给他一本账簿，上面记录着另一个温斯顿·丘吉尔的“辉煌战绩”。原来，巴鲁克早就料到**像丘吉尔这**

好词好句

巨头
折腾
* 老师又从桌底下拿出一大瓶水，把水倒在看起来已经填满了的罐子里……

样的大人物，其聪明睿智在股市之中未必有用武之地，【智慧引路：每个人都有自己的优点和缺点，伟大人物的言行举止也不是永远都不会出现错误。】加之初涉股市，很可能会赔了夫人又折兵。因此，他提前为丘吉尔准备好了一根救命稻草，并吩咐手下用丘吉尔的名字开了另一个**账户**【专家解疑：①会计上指对各种资金运用、来源和周转过程等设置的分类。②户头。】。

［智慧感言］

隔行如隔山。在自己熟悉的行业里翻手为云、覆手为雨的人，在另外一个自己不熟悉的行业，却不一定也是高手。

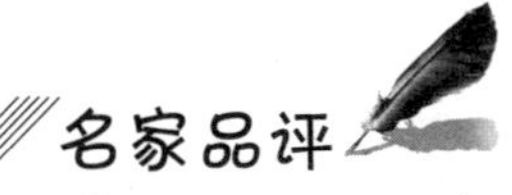

名家品评

在现实生活中，只要我们把脸迎向阳光，就不会有阴影；点燃信念的火花，就能夯实强大的心灵；扬起梦想的帆船，就能驶向成功的彼岸。正如本章中的年轻女子塞尔玛，她从父亲那里得到启示后，改变了自己的信念和态度，终于成就了自己完美的人生；著名政治家丘吉尔向人们传授他成功的经验是决不、决不、决不能放弃，他自己也正是凭着不服输的信念才成为著名的政治领袖的；鲁契亚诺·帕瓦罗蒂也是凭着坚定的信念，经过了 7 年的努力与失败，最终才成为国际著名男高音的。只要我们有一种坚定的信念，并锲而不舍地付出努力，永不言败，其实就已经是在通往成功的道路上了。

阅读思考

1. 本章中的那位乞丐为什么变成富翁之后仍旧思考着怎样去乞讨？
2. 为什么每天进步 1% 就能很轻松地走向成功？
3.《隔行如隔山》的故事给了你怎样的处世启迪？

第三章 事业篇

当一个人面对复杂的人生问题时，一定要明确自己的主要方向，持之以恒，以乐观向上的心态披荆斩棘，最终一定能够摘取成功的硕果。亨利·威尔逊取得令世人瞩目的伟大成就，我们从中得到了什么启示呢？洛克菲勒为什么会将“善待别人就是善待自己”奉为自己的座右铭呢？诺贝尔物理学奖获得者丁肇中又有着怎样的工作态度呢？一切答案都在本章之中。

谁更有资格寻找借口

肯德基的创始人哈伦德·山德士原本像其他孩子一样生活在一个虽不富裕但是却很幸福的家庭中，父母对他十分疼爱。但是不幸的是，在他刚刚5岁的时候父亲就在一次意外中离开了人世，而母亲在不久之后因为**不堪**【**专家解疑**：①承受不了。②不可；不能（多用于不了的方面）。③用在消极意义的形容词后面，表示程度深。④坏到极深的程度。】生活的重负也改嫁他人。小小年纪的哈伦德从此以后就没有人照顾了，所以13岁他就**辍学**【**专家解疑**：中途停止上学。】开始到处流浪。

在流浪期间，他没有穿过一件干净的衣服，没有吃过一顿饱饭。**为了维持生计，他不得不寻找各种各样的工作来做。**【**智慧引路**：

艰苦的生活不仅能锻炼一个人的体魄，还能磨砺人的意志，使人的心理素质得到很好的提高，为以后的生活和工作打下坚实的基础。】他曾经当过餐馆的杂工，也当过汽车清洁工，在农忙季节还到农场谋一份工作。

在他 16 岁的时候，军队来招募士兵，虽然还不到规定的年龄，但是他还是通过谎报年龄的方式参了军。军队生活虽然枯燥乏味，但是却锻炼了他的身体和意志。

在服役期满之后，他利用在军队中学习的技术开了一个简陋的铁匠铺，由于竞争激烈，在不久之后铁匠铺就关门大吉了。

他的生活几乎又回到了参军以前，不甘现状的哈伦德·山德士又通过自己的勤劳肯干谋得了一份在铁路上当司炉工的工作，而且不久以后他就因为工作表现好从临时工变成了一名正式工。

哈伦德·山德士感到从未有过的高兴，因为他觉得自己终于找到了一份安定的工作，可以结束漂泊不定的生活了。

但是好景不长，在经济大萧条前夕，他失业了，而当时他的妻子刚刚怀孕。更不幸的是，就在他的事业处于低谷之时，妻子也离开了他。

他到处寻找工作，却到处碰壁，但是他从来没有放弃对生活的希望。

这段时间，他不得不从事多种工作，如推销员、码头工人、厨师等，但是无论哪种工作都不能长久，他不得不一次一次地更换工作以维持自己的生活。

好词好句

乏味

激烈

*哈伦德·山德士感到从未有过的高兴，因为他觉得自己终于找到了一份安定的工作，可以结束漂泊不定的生活了。

其实在这期间他也试着自己开过加油站或经营其他小生意，但是均以失败告终。后来他的朋友们都劝他不要再**折腾**【**专家解疑**：①翻过来倒过去。②反复做（某事）。③折磨。④乱花费；挥霍。】了，认命吧，你已经老了。

哈伦德·山德士从来没有认为自己已经老了，所以对于朋友的劝告他一直不予理会。直到有一天当邮递员给他送来一张属于他自己的第一份社会保险支票时，他才意识到原来自己真的老了。

也许真如朋友所说，认命吧，折腾了一辈子都没有折腾出什么成就，现在已经老到了领社会保险的时候了，难道还不放弃吗？哈伦德·山德士曾经多次这样问过自己，但是每次他给自己的答案都是“绝对不能**放弃**【**专家解疑**：丢掉（原有的权力、主张、意见等）。】”。

之后，他就用那张 105 美元的社会保险支票创办了闻名于全球的肯德基快餐店，终于在他 88 岁的耄耋之年迎来了欣欣向荣的伟大事业。

［**智慧感言**］

哈伦德·山德士比其他人更容易找到放弃努力的借口，但是他从来没有找任何借口放弃对事业的追求。哈伦德·山德士都没有借口放弃努力，我们又有谁具有寻找借口的资格呢？

好词好句

成就

＊之后，他就用那张 105 美元的社会保险支票创办了闻名于全球的肯德基快餐店，终于在他 88 岁的耄耋之年迎来了欣欣向荣的伟大事业。

让能力大于位置

一次酒后，A 对 B 说："我要离开这个公司。我恨这个公司！"

B 建议道："**我举双手赞成你报复！这个破公司一定要给它点儿颜色看看。不过你现在离开，还不是最好的时机。**【智慧引路：有时候以退为进不仅可以化解问题的"尖锐"，还能达到意想不到的美妙效果。】"

A 问："那什么时机比较好？"

B 说："如果你现在走，公司的损失并不大。你应该趁着还在公司的机会，拼命去为自己拉一些客户，成为公司**独当一面**【专家解疑：单独担当一个方面的任务。】的人物，然后带着这些客户突然离开公司，公司才会受到重大损失，非常被动。"A 觉得 B 说得非常在理。于是努力工作，事遂所愿，半年多的努力工作后，他有了许多的忠实客户。

再见面时，B 对 A 说："现在是时机了，要跳赶快行动吧！"

A 淡然笑道："老总跟我长谈过，准备升我做总经理助理，我暂时没有离开的打算了。"其实这也正是 B 的初衷。

[智慧感言]

一个人在工作中，只有付出大于得到，让老板真正看到你的能力大于位置，才会给你更多的机会替他创造更多利润。

创造“不可能”的事实

有一个孩子从小就热爱篮球运动，并且和所有热爱篮球运动的美国孩子一样，他希望有朝一日能够参加美国职业篮球联赛的比赛。孩子拥有这样的梦想本来是一件值得人欣慰的好事，**可是孩子的父母却从一开始就劝告他要打消这个念头，周围的邻居们听到孩子的这个愿望也都付之一笑**【名师点拨：为什么连父母和邻居都反对他美好的梦想呢？作者用倒叙的手法先点出故事的高潮部分，然后再逐步作解，使整个故事更能扣人心弦。】，他们难道是要存心打击一个年幼孩子的梦想吗？也许他们并不是要故意打击这个孩子。在他们看来，自己的劝告纯粹是善意的，因为这个孩子的梦想是永远都不可能实现的。为什么大家都这样看待孩子的梦想，甚至连平时最疼爱孩子的父母也这样想呢？原来这个孩子一直以来都比同龄人矮小得多，以他的身体条件也许可以把打篮球当成一种业余兴趣，但要想成为美国职业篮球联赛巨星无异于**痴人说梦**【专家解疑：比喻说根本办不到的荒唐话。】。

但是这个孩子却不肯接受人们的建议放弃这个梦想，即使是白日梦他也要奋力一搏。这个孩子渐渐长大成人了，他的梦想依然没有改变。为了实现这个梦想，他一直以来都坚持不懈地练习投篮、运球、传球等技巧，同时也加紧对体能的锻炼，几乎每天人们都能看到他在球场上与不同的人进行篮球比赛。

凭着长期以来的锻炼，他的篮球技术已经为自己赢得了很多荣誉【智慧引路：技能是不会从天而降的，只有靠自己努力练习才能拥有它。】，但是尽管如此，人们还是对他要参加美国职业篮球联赛比赛的梦想嗤之以鼻，这是因为已经长大成人的他，个子也不过一米六。一米六高的个子想去参加美国职业篮球联赛比赛，这在所有人眼中都是一个笑话，但是他本人却认定了自己的理想，并且决定一步一步地向着这个理想迈进。

他用比一般人多出几倍的时间来练习篮球技巧，而且每一次练习他都投入百分之百的精力。**功夫不负有心人**，他终于成为镇上有名的篮球运动员，代表全镇参加过无数次比赛；后来他又成为全州最出色的全能篮球运动员之一，而且还是最佳的控球后卫；再后来，他成了美国职业篮球联赛夏洛特黄蜂队的一名球员。虽然他的个子创造了有史以来美国职业篮球联赛球员身高最矮的纪录，但是他却成为美国职业篮球联赛表现最杰出、失误最少的后卫之一，不仅控球技术一流、远投精准，甚至还可以凭借**不可思议**【**专家解疑**：不可想象，不能理解（原来是佛教用语，含有神秘奥妙的意思）。】的跳跃能力拦截两米多高球员的传球。他在球场上更引人注目的是灵活的行动速度，有一位篮球评论员称他的速度“就像一颗旋转中的子弹一样”。

说到这里，也许一些熟悉美国职业篮球联赛比赛的人已经知道他的名字了，他就是博格斯——美国职业篮球联赛历史上个子最矮的篮球运动员。

[智慧感言]

“不可能”只是懒惰者和懦弱者的借口，是人们主观上对希望的放弃和对自身潜力的限制。抛开所有“不可能”的局限，奇迹就会发生。

哲理名言

功夫不负有心人。

好词好句

杰出

* 他在球场上更引人注目的是灵活的行动速度，有一位篮球评论员称他的速度“就像一颗旋转中的子弹一样”。

欲加之罪，何患无辞

一只小羊正在河边喝水，看到从上游走来一只老狼。这只老狼恶狠狠地盯着小羊，并且厉声责怪小羊弄脏了它的水。老狼对小羊说："既然你让我不能好好地喝上干干净净的水，那我就只能把你吃掉了。"面对老狼的责难，小羊可怜**兮兮**【专家解疑：后缀，用在某些词的后面，表示状态。】地回答："你在上游，我在下游，我怎么会弄脏你的水呢？"

老狼有些尴尬，于是又说："我听狐狸说，去年夏天你曾经在背后说我的坏话，我本不想理睬，可是这次既然遇到了你，我就绝不会轻易饶了你。"说着一双尖锐的利爪就要扑向小羊。小羊躲开老狼的爪牙，**怯生生**【专家解疑：状态词。形容胆怯畏缩的样子。】地说："我去年夏天还没有出生呢，怎么会在背后说你的坏话呢？"

听到小羊的辩解，老狼一边转动着奸诈的眼珠，一边厉声说道：**"那就是你的爸爸或妈妈在说我的坏话，既然找不到它们，那就找你来算这笔账。**【智慧引路：本来父债子偿，天经地义，然而在此处却是欲加之罪，何患无辞。】"说着恶狠狠地扑向小羊，再也不容小羊说一句话。无辜的小羊就这样成了恶狼的腹中餐。

［智慧感言］

小羊的确是无辜的，可是临死的时候它也没弄明白：无论它如何辩解都没有用，恶狼既然想要吃它，又何愁找不到借口呢？正所谓"欲加之罪，何患无辞"。

猫头鹰搬家的悲剧

一只猫头鹰，总是搬家，这天，住树林西边的他又要搬到东边去了。**原因是，他周围的人都讨厌他难听的声音，拒绝与之交往，他感到住不下去了，非搬家不可，却没有一次能稳定地居住下来。**【名师点拨：作者用说明的表达方式简明扼要地交代了猫头鹰搬家的原因，使整个故事更加完整。】

直言的鸠鸟看其奔波劳累，就告诉他：“**假如你能改变自己的叫声，搬到东边去当然可以，但如果还是老样子，新邻居们仍然会讨厌你的声音。**【智慧引路：当出现问题时首先应该从自己身上去寻找原因，寻找出问题的根源，盲目改变无济于事。】”

［智慧感言］

猫头鹰不去思考自己不受欢迎的理由，只是不停地搬家，白白浪费时间。殊不知，如果不正视现实，实事求是地查找自身的毛病及其原因，不去寻找问题最终的解决方法，只是一味地改变工作环境，重蹈“猫头鹰搬家”的悲剧是在所难免的。

不想工作的人无法找到天堂

一个人死后，在去阎罗殿的路上，遇见一座**金碧辉煌**【专家解疑：形容建筑物等异常华丽，光彩夺目。】的宫殿。宫殿的主人请他留下来居住。

这个人说：“我在人世间辛辛苦苦地忙碌了一辈子，现在只想吃和睡，我讨厌工作。”

宫殿主人答道："若是这样，那么世界上再也没有比这里更适合你居住的了。我这里有**山珍海味**【专家解疑：山野和海洋里的各种珍贵的食品，多指丰盛的菜肴。也说山珍海错。】，你想吃什么就吃什么，不会有人来阻止你。我这里有舒服的床铺，你想睡多久就睡多久，不会有人来打扰你。而且，我保证没有任何事情需要你做。"

于是，这个人就住了下来。

开始的一段日子，这个人吃了睡，睡了吃，感到非常快乐。**渐渐地，他觉得有点儿寂寞和空虚，**【智慧引路：消解空虚和寂寞最好的方法就是投入到工作或学习之中，不仅能打发时间，还能充实自己，使自己得到智慧和知识。】于是就去见宫殿主人，抱怨道："这种每天吃吃睡睡的日子过久了也没有意思。我对这种生活已经提不起一点儿兴趣了。你能否为我找一份工作？"

宫殿的主人答道："对不起，我们这里从来就不曾有过工作。"

又过了几个月，这个人实在忍不住了，又去见宫殿的主人："这种日子我实在受不了。如果你不给我工作，我宁愿去下地狱，也不要再住在这里了。"

宫殿的主人**轻蔑**【专家解疑：轻视；不放在眼里。】地笑了："你认为这里是天堂吗？这里本来就是**地狱**【专家解疑：①某些宗教指人死后灵魂受苦的地方（跟"天堂"相对）。②比喻黑暗而悲惨的生活环境。】啊！"

[智慧感言]

不想工作的人无法找到天堂。没有谁比那些整天无所事事的人更累、更无聊了，因为他们找不到休息的办法。工作虽然累，但它却充满了乐趣，让人拥有生机和活力。

英雄不问出处

当美国马萨诸塞州一个偏远山村的一家农户中传出一声响亮的婴儿啼哭时，正处于宁静中的乡村被这婴儿的啼哭声划破了。这个婴儿带给农户一家的既有为人父母的喜悦，又有对难以维持的贫困生活的担忧。用这个孩子后来在其自传中的话来形容，那就是："当我还在襁褓中的时候，贫穷就已经露出了它凶恶的面目。"

当这个婴儿渐渐长大，已经咿呀学语之时，父母为了维持几个孩子的温饱不得不同时打好几份工，但即使是这样，这家人依然一天只吃一顿饭、吃了上顿没下顿，时时面临饥饿的威胁。就在这个孩子刚刚记事时，他就比有钱人家的同龄孩子们懂事得多，这可能就是人们常说的"**穷人的孩子早当家**"吧。在那时，当他稍稍感到饥饿时是不会向母亲要东西吃的，只有在感到非常饥饿时才会用一双深陷在眼窝中的眼睛观察母亲，如果看到母亲脸上的表情不是十分严肃，他就会伸出一双小手向母亲要一片面包。

贫困使得这个家中的孩子们都没能受到完整的教育，本文的主人公更是在十岁时就不得不出外谋生，之后当了整整十一年的学徒。学徒的工作又苦又累，如果不是被逼无奈，没有任何一对父母愿意

好词好句

偏远

响亮

* 这个婴儿带给农户一家的既有为人父母的喜悦，又有对难以维持的贫困生活的担忧。

* 当我还在襁褓中的时候，贫穷就已经露出了它凶恶的面目。

哲理名言

穷人的孩子早当家。

让孩子受如此的苦难。

当结束了充满血泪的学徒生涯之后，这个孩子又到遥远的森林里当伐木工，森林离家很远，而且当地除了几名一贫如洗的伐木工之外几乎没有人烟。在森林里当了几年伐木工之后，已经长成强壮青年的他又继续依靠自己的能力干其他工作。虽然这期间的工作都十分辛苦，但是他居然利用夜间休息的时间读了千余本好书，这些书都是他在干完活儿后跑十几里山路从镇上的图书馆里借来的。就这样，他一边辛苦地工作，一边从书本中学习知识、汲取智慧。

无论面临怎样的困苦和艰难，他从来没有抱怨过任何人和任何事，即使是面对极不公平的待遇时他也仍然如此。【智慧引路：不因艰难困苦而改变自己的初衷，只有在任何时候都保持一种积极向上的心态，才能迎来胜利的光环。】

一次，他得知伐木厂附近的一家政府机构要招书记员。以他的能力和水平是完全可以**胜任**【专家解疑：能力足以担任。】书记员这一职务的，于是工友们都支持他去报名，结果在报名时，一位负责人**不屑**【专家解疑：①认为不值得（做）。②轻视。】一顾地告诉他：“要想成为这家机构的书记员，首先要有高等学历，同时还要有当地资金丰厚的人愿意担保。”这两项条件他都不符合。

当初拒绝过他的那位负责人可能怎么也不会想到，就是这样一个几乎完全依靠自学获得知识的孩子竟然在四十岁左右的时候以绝对优势打败竞争对手进入美国国会，后来，他又因为出色的政绩成为人们爱戴的美国副总统。他就是美国历史上最优秀的副总统之一——亨利·威尔逊，无论是他本人，还是他为美国历史，都创造了令世人瞩目的伟大成就。

[**智慧感言**]

不要因为一时的成败得失而影响整个人生旅程，更不要因为出身来束缚自己的成就，须知出身贫困不见得终生潦倒，出身富贵也不见得一生荣华。对于缺乏责任感的人来说，除了他们自己，所有的人、所有的环境以及所有的事情都可以是不幸和失败降临的理由，只不过，这些理由除了迷惑他们自己，没有人会真正相信。

不公正的抱怨

在英国北部的一个小山村里，住着一户人家，这户人家可以称得上是这个贫困小山村中最贫穷的人家了。这户人家只有夫妻二人是壮年劳动力，其他的不是老人就是孩子，而且那位老人——丈夫的父亲、孩子们的祖父，已经八十多岁了，得了一种病，生活几乎不能自理，所以家中每天都必须有人来照顾他。**因为家中的条件艰苦，所以三个孩子都很懂事**【**智慧引路**：因为穷困生活的压迫，孩子们不得不提前参与残酷社会的竞争中，以寻求温饱，所以变得格外懂事。“穷人的孩子早当家”说的也就是这个道理。】，他们常常会在父母外出劳动的时候照看年迈的祖父，或者到附近的山林里捡一些蘑菇或其他可以吃的东西。

约翰逊是这户人家里最小的一个孩子，虽然年龄很小，但是他和哥哥姐姐一样懂事，知道怎样可以为家里人分忧。一天，约翰逊和哥哥出去捡蘑菇，姐姐留在家里照看祖父。这一次，约翰逊和哥哥捡回了很多又大又丰满的蘑菇，够家里人吃几顿了。等他们回到家以后，姐姐负责做饭，哥哥去拾柴，而约翰逊则负责叫回在烈日下工作的父母。看到孩子们已经炖好了一锅蘑菇，父母很高兴。母亲要先给祖父喂饭，依照**惯例**【**专家解疑**：①一向的做法，常规。

②司法上指法律没有明文规定，但过去曾经施行、可以仿照办理的做法或事实。】，还是父亲和几个孩子先吃饭，可是约翰逊不知又跑到哪里去玩了，所以今天只有哥哥姐姐和父亲一起吃饭。

就在一顿饭刚刚吃到一半的时候，祖父、父亲、哥哥和姐姐分别感到胃里难受得厉害，母亲急忙去寻找村里的一位大夫，路过邻居家里时又委托邻居帮自己找回小儿子约翰逊。正在和村里的小伙伴们一起玩游戏的约翰逊被邻居叫回家时，他看到当地的一位乡村大夫正摇着头告诉母亲，所有的人都已经无法救治了，祖父、父亲还有哥哥和姐姐都因为吃了有毒的蘑菇而死去。**村里其实早就有过这样的事情发生，但是约翰逊从来没有想到过这样的事情居然会发生在自己家，而且让他一下子就失去了四位亲人。**【智慧引路：对任何潜在的危险都不要心存侥幸，只有小心谨慎才是应对危险的良方。】

母亲几乎要崩溃了，但是看到年幼的约翰逊她必须要好好地活下去。就这样母子二人相依为命，到了约翰逊 14 岁的时候，城里有人来招工，约翰逊谎称自己已经 16 岁，然后就来到了城里，那个城市正是伦敦。

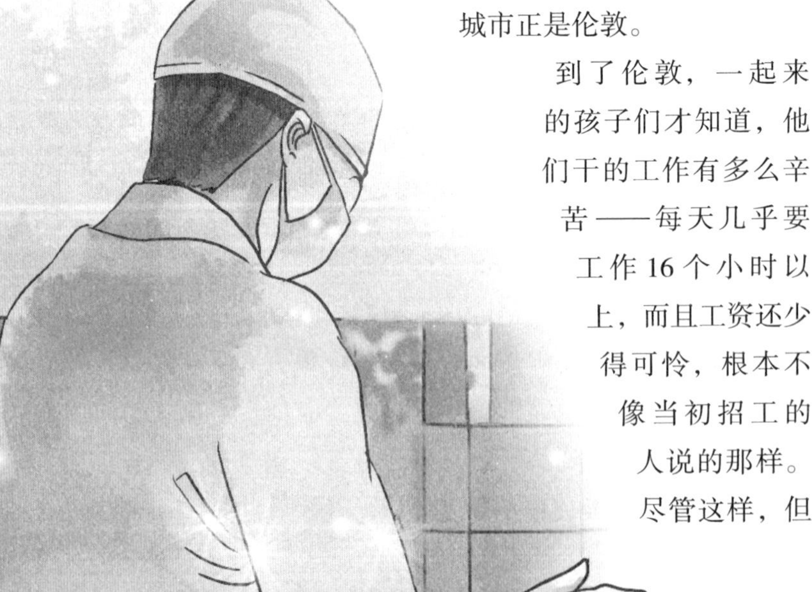

到了伦敦，一起来的孩子们才知道，他们干的工作有多么辛苦——每天几乎要工作 16 个小时以上，而且工资还少得可怜，根本不像当初招工的人说的那样。尽管这样，但

约翰逊也只能在这里干下去，因为他对伦敦一无所知，而且口袋里一分钱都没有。约翰逊在工厂里的一个放废品的角落里发现了一本医学专著。在其他人都累得倒头大睡时，约翰逊**如饥似渴**【专家解疑：形容要求非常迫切。也说如饥如渴。】地读着这本书。以他的文化水平，这本书的很多地方读起来很难懂，但是约翰逊却像着了迷一般，一有空就捧着书看。渐渐地，约翰逊居然成了这里小有名气的小医生。

口袋里攒下一点儿钱的约翰逊决定要在医学道路上发展，他在旧书摊上买了很多有关医学方面的书，可就在此时他得到了从家乡传来的消息：母亲得病身亡了。原来因为劳累过度再加上长期营养不良，结果……刚刚对生活有了新希望的约翰逊感到痛苦极了，他不知道自己的遭遇为什么这样坎坷，也许上天不想让自己成为一个治病救人的医生。正在他感到灰心的时候，他偶然在一本书中看到了美国著名作家华盛顿·欧文说过的一段话："如果有人总是抱怨自己的天赋被埋没的话，那通常都是托词，是那些慵懒的人和意志不坚定的人在公众面前故作姿态而已……"

"约翰逊不是一个**慵懒**【专家解疑：不振作。】的人，他的意志很坚定，而且必须坚定，他不会再在任何人面前故作姿态！"约翰逊站在家人的坟墓前这样对自己说，也对死去的家人说。在后来他又来到伦敦城里的时候，他写信给贵族迪纳莱斯先生，因为他要想在医学事业上有所发展的话就必须得到这位贵族的帮助。他在信中这样写道："所有对世界的抱怨都是不公正的，我从来没有见到一个真正被埋没的天才。一般情况下，是那些失败者自己的错误导致了他们的霉运。"

约翰逊果然没有失败。几年之后，那位曾经口袋里几乎一无所有的乡下人就成了伦敦城里有名的约翰逊医生，他凭借高超的医术赢得了崇高的威望。

[**智慧感言**]

那些不愿意付出艰辛努力的人都会找出很多托词和借口，当实在没有什么事物作为借口时，他们就会抱怨上天不公正。一般来说，最后获得成功的人通常积极主动并且反应灵敏，他们时刻准备着迎接任何机会和挑战，托词和借口很少会在他们的字典中出现。

超前进入工作状态

有一个商场招聘收银员，经过筛选，有三位小姐参加复试。

复试由**老板**【**专家解疑**：①私营工商业的财产所有者；掌柜的。②旧时对著名戏曲演员或组织戏班的戏曲演员的尊称。】主持，当第一位小姐走进老板的办公室时，老板拿出一张100元的钞票，要这位小姐到楼下去给他买一包香烟。这位小姐觉得自己还没有被正式录用，就被老板无端指使，将来的工作一定会有很多麻烦事，于是干脆地拒绝了老板的要求，气冲冲地离开了老板的办公室。

第二位小姐走进办公室后，老板也拿出了一张100元的钞票，要她去买一包香烟。这位小姐很想给老板留下好印象，于是爽快地答应了。可是，当她到楼下买香烟时，却被告知这张100元的钞票是假的，没办法，她只好用自己的100元买了香烟，又把找来的零钱全部交给了老板，对假钞的事却未说**只言片语**【**专家解疑**：个别的词句；片段的话语。也说片言只语。】。

第三位小姐也同样被要求去买香烟。当她接过老板递过来的100元钞票时并没有转身就走，而是仔细地看了看钞票，马上就发现这张钞票不大对劲儿，于是很客气地要求老板另外再给她一张钞票。老板微笑着拿回了那张100元钞票。第三位小姐被**录用**【**专家解疑**：①收录（人员）；任用。②采用。】了。

[智慧感言]

如果我们总是拒绝去做，看似不属于我们自己的问题，那好运永远不会降临在我们头上。如果我们想在事业上获得快乐，就不能去做让自己痛苦的事——只有像第三位小姐才好。在进入工作状态之前就看棋三步，通常这样的员工最被老板所欣赏。

不为薪水而工作

盛夏的一天，一群人正在铁路的路基上工作。这时，一列缓缓开来的火车打断了他们的工作。火车停了下来，一节特制的并且带有空调的车厢的窗户被人打开了，一个低沉的、友好的声音传过来："大卫，是你吗？"

大卫·安德森——这群人的主管回答说："是我，吉姆，见到你真高兴。"于是，大卫·安德森和吉姆·墨菲——铁路的总裁，进行了愉快的交谈。【**名师点拨**：为什么一个小小的主管会与总裁成为好朋友呢？作者用倒叙的手法吸引了读者的阅读兴趣，使文章情节跌宕起伏。】在长达1个多小时的愉快交谈之后，两人热情地握手道别。

大卫·安德森的下属立刻包围了他，他们对于他是墨菲铁路总裁的朋友这一点感到非常震惊。大卫解释说，二十多年以前他和吉姆·墨菲是在同一天开始为这条铁路工作的。

其中一个下属半认真半开玩笑地问大卫，为什么他现在仍在骄阳下工作，而吉姆·墨菲却成了总裁。大卫非常**惆怅**【**专家解疑**：

伤感；失意。】地说："23 年前我为 1 小时 1.75 美元的薪水而工作，而吉姆·墨菲却是为这条铁路而工作。"

［智慧感言］

23 年前为 1 小时 1.75 美元薪水而工作的人，现在仍然为薪水工作；23 年前为那条铁路而工作的人，现在却成了团队的总裁。这就是平凡者与卓越者之间差别的根源所在。

不磨刀就等于没有刀

一个伐树的工人每天工作十多个小时，可他发觉自己的伐树数目却日渐减少。他开始想，一定是自己的工作时间不够长，所以他除了睡觉和吃饭，其他的时间都用来伐树，但他每天伐树的数目反而有减无增。他**迷惑**【专家解疑：①辨不清是非；摸不着头脑。②使迷惑。】了。

一天，他把自己的苦恼说给他的主管听，主管看了看他，再看了看他手中的斧头，若有所悟地说："你是否每天用这斧头伐树呢？"工人认真地说："当然啦！这是我从开始伐树工作以来，一直不离手的工具呢！"主管关心地问他："你有没有磨利这把斧头再使用它呢？"工人回答他："我每天勤奋工作，伐树的时间都不够用，哪有时间去磨利这把斧头？"

主管接着说："你可知道，这就是你伐树数目每天递减的原因？你**没有先磨利自己的工具，又如何能提高工作的效率呢**？"

哲理名言

没有先磨利自己的工具，又如何能提高工作的效率呢？

[智慧感言]

在大多数人的一生中，总有某些时候曾经像这个伐木工人一样，因为过于沉溺于一个活动之中，而忘了应该采取必要的措施使工作更简单、快捷。工欲善其事，必先利其器。在信息时代的今天，不磨刀就等于没有刀。

形成自己的赚钱系统

有一个小村庄严重缺水，为了从根本上解决这个问题，村长决定对外签订一份送水合同，以使每天都有水。张三和李四接受了这份工作。

张三立刻行动起来，他买了两只大木桶，每日奔波于1公里以外的湖泊和村庄之间，从湖中打水并运回村庄，由于**起早贪黑**【专家解疑：起得早，睡得晚，形容人辛勤劳动。也说起早摸黑。】地工作，张三很快赚到了钱。虽然工作很辛苦，但心里很高兴。

李四没有像张三那样买两只桶，而是做了一份详细的商业计划。**几个月后，李四带着一个施工队和一笔投资回到了村庄，花了一年的时间，李四的施工队修建了一条从村庄到湖泊的大容量的输水管道。**【智慧引路：思路就是出路。墨守成规、不思改变，永远都不会有进步。】

在竣工典礼上，李四宣布他的水比张三的水干净，他能够每天24小时不间断地为村民提供用水，同时价格比张三低25%。这样一来，村民们欢呼雀跃奔走相告，立即要求从李四的管道上接水龙头。

李四的想法在继续扩大。他想，其他有类似环境的村庄也一定需要水，于是他开始向周围的村庄推销他的快速、大容量、低成本并且卫生的送水系统。

这样一来，每送出一桶水李四只赚 1 毛钱，但是每天他能送几十万桶水【智慧引路：聚沙成塔，集腋成裘，绝大多数富人的财富都是日积月累积攒起来的。】，无论他是否工作，几十万人都要消耗这几十万桶水，而所有的这些钱都流入了李四的银行账户中。

［智慧感言］

真正的富翁不只是工作，更要考虑如何更聪明地工作、更有效率地工作，建立自己赚钱的系统——如何修筑赚钱的管道，即使自己不工作，让钱也源源不断地流进自己的口袋。

建一座世上最美丽的城市

三个砌墙工人在砌墙。有人问其中一个工人，说：“你在做什么？”这个工人没好气地说：“没看见吗，我在砌墙！”

于是他转身问第二个人：“你在做什么呢？”第二个人说：“我在建一幢漂亮的大楼！”

这个人又问第三个人，第三个人嘴里哼着小调，欢快地说，“我在建一座美丽的城市。”【智慧引路：不一样的心态就有不一样的处事态度，不一样的处事态度就有不一样的工作成效，不一样的工作成效就决定了不一样的人生。】

［智慧感言］

姑且不看三个人未来的命运如何，单看第三个人的工作态度就非常令人钦佩。同样是平凡的工作，看似一样简单重复，枯燥乏味，有人却能以快乐的心情面对，在平凡中感知不平凡，在简单中构筑自己的梦想。这样的人又有什么样的困难不可以克服呢？

尽力而为，也要量力而行

一位武术大师隐居于山林中。人们都千里**迢迢**【专家解疑：形容路途遥远。】来跟他学武。

当人们到达深山的时候，发现大师正从山谷里挑水。他挑得不多，两只木桶里水都没有装满。

人们不解地问：“大师，这是什么道理？”

大师说：“挑水之道并不在于挑多，而在于挑得够用。一味贪多，适得其反。”

众人越发不解。

大师笑道：“你们看这个桶。”

众人看去，桶里画了一条线。大师说：“这条线是底线，水绝对不能超过这条线，否则就超过了自己的能力和需要。开始还需要画一条线，挑的次数多了以后就不用看那条线了，凭感觉就知道是多是少。这条线可以提醒我们，凡事要尽力而为，也要量力而行。”

众人又问：“那么底线应该定多低呢？”

大师说：“一般来说，越低越好，因为这样低的目标容易实现，人的勇气不容易受到挫伤，相反会培养起更大的兴趣和热情。长此以往，**循序渐进**【专家解疑：（学习、工作）按照一定的步骤逐渐深入或提高。】，自然会挑得更多、挑得更稳。”

[智慧感言]

诚然，在制定和规划自己的目标时一定要“取法平上”，但一定不要太脱离自己的实际情况。挑水如同武术，武术如同做人。循序渐进，逐步实现目标，才能避免许多无谓的挫折。

后院的金币

一个开罗人整天梦想着发财，一天夜里，他梦见神对他说："想发财，你就得去伊斯法罕，在那里能找到金币。"

"天哪！伊斯法罕远在波斯啊，必须穿越阿拉伯半岛，经波斯湾，再攀上扎格罗斯山，才能到达那山巅之城。可能还没到就**客死**【专家解疑：死在他乡或外国。】他乡了。到底去不去呢？"开罗人想，"但是，如果不去，这辈子恐怕难以发财了。"最后他还是决定前行。

开罗人千里跋涉，历经了许多艰难险阻，风尘仆仆地到达了"山巅之城"伊斯法罕。但是结果却令他大失所望，当地兵荒马乱，连他随身带的一点儿值钱的东西都被土匪抢走了。还是一位当地人救了他。

"听口音，你不是本地人？"救命恩人问他。

"我从开罗来。"开罗人气息奄奄地说。

"什么？开罗？你从那么远、那么富有的城市，到我们这鸟不生蛋的伊斯法罕来干什么？"

"因为我梦见神给我启示，到这里来可以找到成千上万的金币。"开罗人坦白地说。

那人大笑了起来："真是个笑话，我还经常做梦，我在开罗有个房子，后面有七棵无花果树和一个**日晷**【专家解疑：古代一种利用太阳投射的影子来测定时刻的装置。一般是在有刻度的盘的中央装着一根

好词好句

艰难险阻

风尘仆仆

*但是结果却令他大失所望，当地兵荒马乱，连他随身带的一点儿值钱的东西都被土匪抢走了。

与盘垂直的金属棍儿。】，日晷旁边有个水池，池底藏着好多金币呢！回到开罗去吧，别做白日梦了。”

开罗人衣衫褴褛一无所有地回到了开罗，但是，没过多久，他就变成了开罗最有钱的人。

因为那位伊斯法罕人所说的七棵无花果树和水池，正在他家的后院。而他在水池底下，真的挖出了成千上万的金币。

有人说，开罗人白去了一趟伊斯法罕，因为金币就在自己家后院。但是如果他没去伊斯法罕，也许永远不会有这个结果。【智慧引路：“天下没有免费的午餐”，只有付出努力，才能获得成功。】

［智慧感言］

任何一个意外的发现，都很难逾越一段艰苦甚至漫长的寻找过程。当然，没有了过程，你的发现也很难是“金币”。

把自己的目标细化

有人做过一个实验：组织三组人，让他们分别步行到十公里以外的三个村子。

第一组的人不知道村庄的名字，也不知道路程有多远，只告诉他们跟着向导走就行了。这些人刚走了两三公里就有人叫苦，走了一半时有人几乎愤怒了，他们抱怨为什么要走这么远，何时才能走到。**有人甚至坐在路边不愿走了，越往后走他们的情绪越低落。**【名师点拨：茫然才会让人对未来产生恐惧感，当这种恐惧感越来越浓时，人们也就失去了信心和动力，于是就随波逐流或万念俱灰。】

第二组的人知道村庄的名字和路段，但路边没有里程碑，他们只能凭经验估计行走的时间和距离。走到一半的时候，大多数人就想知道他们已经走了多远，比较有经验的人说："大概走了一半的路程。"于是大家又簇拥着向前走。当走到全程的四分之三时，大家情绪低落，觉得疲惫不堪，而路程似乎还很长。当有人说："快到了！"大家又振作起来加快了步伐。

第三组的人不仅知道村子的名字、路程，而且公路上每一公里就有一块里程碑。人们边走边看里程碑，每缩短一公里大家便有一小阵的快乐。行程中他们用歌声和笑声来消除疲劳，情绪一直很高涨，所以很快就到达了目的地。

［智慧感言］

人们如果清晰地了解自己行动的明确目标和自己的进行速度，就会自觉地克服一切困难，努力达到目标。目标设计得越具体越细化就越容易实现。

获胜只是一个事件

有三个人一起去参加一项声势【专家解疑：声威和气势。】浩大的马拉松比赛。在这些参加比赛的人中，不乏一些非常出色的运动员。最后虽然这三个人都很努力地跑出了自己的最好水平，金牌仍与他们无缘。

这个结果是否意味着这三个人都是失败者？绝对不是，因为他

好词好句

簇拥

* 行程中他们用歌声和笑声来消除疲劳，情绪一直很高涨，所以很快就到达了目的地。

们都是怀着不同的目的参加比赛的。**第一个人想通过比赛检验一下自己的耐力，他做到了，他的成绩超过了他的预料；第二个人想提高自己以往的成绩，他也达到了目的；第三个人一辈子没跑过马拉松，他的目标就是跑完全程，达到终点，他也做到了。**【智慧引路：在每个人的心目中，成功的标准和定义是不一样的，只要通过自己的努力，得到了自己想要的东西，就是一种成功。】

由于这三个人都达到了目的，因此不管谁取得金牌，他们都是胜利者。

［智慧感言］

其实，获胜只是一个事件，做一名胜利者才是一种精神。金牌是我们参加比赛的唯一目标吗？其实就像上面故事所说的那样，我们每个人参加比赛都应该给自己定下一个应该实现的目标，实际上只要实现了自己立下的目标，就是一种成功。

看不到目标比死还可怕

一位军阀每次处决死刑犯时，都会让犯人选择：　枪毙命或是选择从墙上的一个黑洞进去，命运未知。所有犯人都宁可选择一枪毙命也不愿进入那个不知里面有什么东西的黑洞。

一天，酒酣耳热之后，军阀显得很高兴。旁人很大胆地问他：“大

好词好句

酒酣耳热

＊一位军阀每次处决死刑犯时，都会让犯人选择：一枪毙命或是选择从墙上的一个黑洞进去，命运未知。

帅，您可不可告诉我们，从这黑洞走进去究竟会有什么结果？”

“没什么啦！其实走进黑洞的人只要经过一两天的摸索便可以顺利地逃生了，只是世上绝大多数的人都不敢面对不可知的未来罢了。”军阀回答。

［智慧感言］

看来，看不到目标比死还可怕。很多人把别人的成功看作是运气，把自己的失败归结为命不好，放弃了努力，把自己的命运交给了上天。他们不知道一个伟大的奥秘，你的上帝就是你神圣的目标，只有它引领你去成功的殿堂与幸运之神约会。

目标导致结果

美国人、法国人、犹太人，这三个人即将被关进监狱三年，监狱长说可以答应他们每个人一个要求。美国人爱抽雪茄，要了三箱雪茄。法国人最浪漫，要了一个美丽的女子相伴。**而犹太人说，他要拥有一部与外界沟通的电话。**【智慧引路：在任何时候，信息都是经济发展的方向，没有信息做指引，经济无异于一潭死水，迟早会干涸。】

三年过后，第一个冲出来的是美国人，他嘴里、鼻孔里塞满了雪茄，大喊道：“给我火，给我火！”原来他忘了带火了。【名师点拨：作者在这里连用两个“给我火”，反映出了文中那位美国人急切的心理。】

接着出来的是法国人。只见他手里抱着一个小孩子，美丽女子手里牵着一个小孩子，肚子里还怀着第三个。法国人正**愁眉苦脸**【专家解疑：形容愁苦的神情。】地准备着如何让孩子们长大成人。

最后出来的是犹太人，他紧紧握住监狱长的手说：“感谢你让我拥有一部电话，这三年来我每天与外界联系，我的生意不但没有停顿，反而增长了200%，为了表示感谢，我送你一辆劳斯莱斯！”

［智慧感言］

什么样的选择决定什么样的生活，什么样的目标导致什么样的结果。今天的生活现状是由之前我们的目标决定的，而今天我们的目标将决定我们以后的生活。因此，有人说，目标永远是你将来生活的底片。

走一步路是不需要勇气的

曾经有一位63岁的老人从纽约市步行到了佛罗里达州的迈阿密市，她这一路，经过长途跋涉，克服了重重困难。

在那儿，有位记者采访了她。记者想知道，这路途中的艰难是否曾经吓倒过她？她是如何鼓起勇气，徒步旅行的？

老人答道：“走一步路是不需要勇气的。我所做的就是这样。我先走了一步，接着再走一步，然后再一步，我就到了这里。”

［智慧感言］

为了要达成大目标，不妨先设定“小目标”，这样会比较容易达到目的。许多人会因目标过于远大，或理想太过崇高而易于放弃，这是很可惜的。若设定了“小目标”，便可较快获得令人

好词好句

艰难

* 曾经有一位63岁的老人从纽约市步行到了佛罗里达州的迈阿密市，她这一路，经过长途跋涉，克服了重重困难。

满意的成绩。你在逐步完成“小目标”时，心理上的压力也会随之减小，大目标总有一天也能完成。

友谊不会从天而降

一个人凭借自己的勤劳和努力**白手起家**【专家解疑：比喻原来没有基础或条件很差而创立起一番事业。】，在多年之后终于拥有万贯家财，成为当地有名的富翁。

很多人都以为人一旦有了钱之后就可以坐在家里轻松地享受，再也不必辛苦劳动了。其实，事实上并非如此，大多数人有了钱之后，才发现自己的生活更加忙碌了，操心的事情更多了。这位白手起家的富翁就是这样，他经常督促自己不能松懈，结果每天就像一个陀螺一样不停地转。

如此忙碌和紧张的生活让他感到痛苦，他时时都想找一位朋友来倾诉自己心中的愁苦。可是在生意场上哪里有真正的朋友，多年的经验也告诉他不可以轻易地将那些人当成朋友；公司里的员工，见到他不是畏惧就是**溜须拍马**【专家解疑：指谄媚奉承。】，更不会有什么朋友；也许只有在工作之余才能找到真正的朋友。可是在生活中，这位富翁更是没有可以谈天说地的知己。由于常年忙碌，他几乎连谈恋爱的时间也没有，三十几岁了还没有结婚。也正是因为过于忙碌，所以过去的同学、朋友早已失去了联系。邻居倒是有一些，可是富翁却觉得那些邻居小市民气太重，以自己的身份是不屑于和他们结交的。

实际上，富翁和邻居之间的关系处得相当糟糕。他嫌弃邻居们目光短浅、无所事事，而邻居们则认为他过于趾高气扬，看不起众人，而且还认为他为人自私，不知道替别人考虑。邻居们这样评价富翁

是有理由的，富翁经常开着名牌汽车出入，在进入街巷之时从来没有降低速度，即使在雨天也是如此；他养的大狼狗经常对邻居家的小孩露出可怕的尖牙；当邻居遇到他时，他总是皱着眉头，板着一张脸；每逢他看到邻居家的小孩想要抚摸一下他的汽车时，他总会扬起手指粗鲁地将孩子呵斥一顿……

富翁就这样富有而孤独地生活在邻居中间。

随着市场竞争的激烈，富翁公司的生意很快就萧条下来。在一次三角债风波中，公司被银行查封了，这下他终于有时间休息了。公司被封之后，无事可干的富翁更是觉得孤单无比，他现在看到邻居们坐在一起其乐融融的样子真是羡慕，于是他希望也能走到邻居当中。可是，他发现每当自己开启大门走出院子时，邻居们就会自动走到离他家更远的地方去谈天。当他主动与邻居聊天时，邻居总是板着面孔一副不情愿的样子，甚至当他亲热地抚摸小孩子的头时，小孩子竟然立刻大哭起来……

他感到很委屈，认为邻居们简直不近人情，同时也为自己得不到友谊而**痛苦**【专家解疑：身体或精神感到非常难受。】。一天，他在家中看杂志时，发现了这样一句话：要想收获友谊之树，必须种下真心的种子，还需要用心培植，并且需要日积月累地付出。

好词好句

不近人情

* 公司被封之后，无事可干的富翁更是觉得孤单无比，他现在看到邻居们坐在一起其乐融融的样子真是羡慕，于是他希望也能走到邻居当中。

富翁幡然醒悟，于是，他皱紧的眉头开始舒展，脸上也有了笑容，看到邻居家的孩子他会主动带上他们开着车去兜风，他养的大狼狗则被一条粗壮的铁链拴到了自家院子的角落，当他开车进入街巷之时，他会主动降低速度，在雨天更是减速慢行……

最后银行审查结束，他的公司恢复了运转，而他在忙碌之余也享受到了包括邻居在内的许多人的关心和体贴。

[智慧感言]

如果你想结交朋友，就要先为别人做一些需要花费时间和精力、需要投入情感和体力才能做到的事情——友谊不会从天而降。更值得注意的是，你必须要付出真心。

善待别人就是善待自己

洛克菲勒年轻的时候曾经一无所有，像当时许多年少无知的人一样，到处流浪，**得过且过**【**专家解疑**：只要勉强过得去就这样过下去；敷衍地过日子。也指对工作不负责任，敷衍了事。】。不过，洛克菲勒怀有十分远大的理想，他期望自己有一天能够有一笔任由自己支配的巨大财富。

带着这个伟大的梦想，洛克菲勒来到了距离家乡很远的一个偏僻小镇。在这个小镇上，洛克菲勒结识了镇长杰克逊先生。杰克逊先生已经年过五旬，他一直以来都生活在这个虽不繁华但是却令自己感到十分亲切的小镇上。他担任这个小镇的镇长已经很多年了，但是镇上的人们却从来没有想到要选举新的镇长。

的确，杰克逊实际上也是担任镇长的最佳人选，他性格开朗、为人热情，而且平易近人，更重要的是，他的心地十分善良。无论是当地人，还是来到这个小镇上的外地人，只要与杰克逊有过一定的接触，他们就会深切地感受到杰克逊的热情和善良，同时也会受到感染。

洛克菲勒住的小旅馆就离镇长杰克逊家不远。每当洛克菲勒站到旅馆旁的大门前向远方遥望时，他都会看到镇长家门口的那片长满各色鲜花的**花圃**【专家解疑：栽培花草等的园地。】。**每次遇到洛克菲勒时，镇长都会停下忙碌的脚步问这个独在异乡的年轻人有什么需要帮忙的地方。**【智慧引路：这句话说明了镇长是一个很热心的人，有着乐于助人的高尚品格，小朋友们应当向他学习。】当洛克菲勒需要一些生活用品时，热情的镇长夫人总是会十分高兴地给予帮助，而且镇长还会时不时地让女儿为洛克菲勒送去一些妻子做的可口点心。

在小镇上住了一段时间仍然感到一无所获的洛克菲勒决定过几天就离开这个小镇了，在离开小镇之前他要特别感谢镇长给予他的关照。就在他准备向镇长告别的前几天，小镇迎来了连续几天的阴雨天气，洛克菲勒不得不继续留在这里，同时他也在心里咒骂着这该死的鬼天气。小雨时断时续，每当雨滴停止的时候，洛克菲勒都会走出旅馆大门——实际上洛克菲勒就住在杰克逊家的斜对面，看看镇长家门前那些经雨露滋润而倍加娇艳的花朵。这一天，当他走出旅馆大门的时候，他看到镇上来来往往的人们已经把镇长家门前的花圃践踏得不成样子了。洛克菲勒为此感到气愤不已，他真为镇长和这些花朵感到惋惜，于是他站在那里指责那些路人的行为。可是第二天，路人依旧踩踏镇长家门前的那片可怜的花朵。第三天，镇长拿着一袋煤渣和一把铁锹来到了泥泞的道路上，他用铁锹把袋

好词好句

一无所获

* 洛克菲勒为此感到气愤不已，他真为镇长和这些花朵感到惋惜，于是他站在那里指责那些路人的行为。

子里的煤渣一点儿一点儿地铺到了路上。一开始洛克菲勒对镇长的行为感到不解，他不知道镇长为什么要替这些践踏自己家花圃的路人铺平道路。可是很快他就明白了镇长的苦心，原来有了铺好煤渣的道路，那些路人再也不用踩着花圃走过泥泞的道路了。

洛克菲勒最后还是离开了这个小镇，不过他知道，自己再也不是一无所获地离开了，他带着镇长杰克逊告诉自己的一句话从从容容地踏上了追求梦想的道路，那句话就是：“**善待别人就是善待自己**。”直到成为闻名于全美的石油大王，洛克菲勒依然牢牢地将这句话铭记在心中。

［**智慧感言**］

善待别人就是善待自己。性格自私的人不愿意对别人付出任何关爱，所以他们永远都体会不到来自他人的友情和温暖。而那些胸襟开阔的人则始终生活在幸福和关爱之中，这些幸福和关爱既来自别人，也来自他们自己。

记住更多人的名字

吉姆·弗雷德从小家境贫困，在他刚满 10 岁的时候父亲就早早地离开了人世，只留下身体单薄的母亲和年幼的弗雷德。

无论生活多么贫困、环境多么艰难，吉姆·弗雷德和他的母亲都从来没有放弃对生活的希望。【智慧引路：只要拥有一颗恒心，

哲理名言

善待别人就是善待自己。

对生活充满希望，并努力去改变现状，迟早会摆脱困境的。】尤其是弗雷德，凡是认识他的人几乎都会被他积极乐观的精神所感染。不过，初次与弗雷德接触时，大多数人还是忍不住对他的成功经历感到惊讶：因为吉姆·弗雷德小时候家境过于贫困而无钱读书，所以他的学历极其有限——事实上，他刚刚念完小学就被迫干起了临时工。可是在他 46 岁的时候却担任了国家邮政部长的职位，在他年近五十的时候被美国的四所名牌大学授予荣誉学位，甚至罗斯福成功入主白宫，也得益于他的倾力帮助。

既没有**显赫**【专家解疑：①（权势、名声等）盛大。②显著。】的家境，又没有高深的学历，吉姆·弗雷德究竟是靠什么取得成功的？几乎所有人都会带着这个疑问去向吉姆·弗雷德本人讨教。带着这个备受众人关注的疑问，一位年轻的记者叩开了吉姆·弗雷德先生办公室的大门。吉姆·弗雷德本人十分健谈，年轻的记者和他交谈时感到从未有过的兴奋和愉快。

很快，年轻的记者就**迫不及待**【专家解疑：急切得不能再等待。】地向弗雷德本人提出了自己一直以来都想了解的问题。他掩饰不住内心的**激动**【专家解疑：①（感情）因受刺激而冲动。②使感情冲动。】，拿着采访笔记对弗雷德先生说：“吉姆·弗雷德先生，我受很多年轻人的委托前来向您询问一件事情，不知道您是否愿意告诉我们真正的答案。”听到记者的问话，弗雷德发出了爽朗的笑声，他亲切地对记者说：“我会尽我所知地回答你提出的每一个问题，不过，在你提问之前，我可能已经对你的问题猜到了八九分。”记者先是感到纳闷，不过，他很快反应过来，对弗雷德说：“那您说一说我想问的问题是什么？”

弗雷德说：“你想问我的问题，很可能就是我能够取得今天的成就，其中是不是有什么秘诀。”听到吉姆·弗雷德本人如此坦诚地说出了自己心中疑惑很久的问题，年轻的记者突然感到轻松多了。

他知道不用自己再问，弗雷德自己就会说出问题的答案。果然被记者猜中了，弗雷德接着就说：“**辛勤地工作，这就是我成功的秘诀。**”记者对这个答案感到非常不满，他几乎想也没想就说：“不，这不是我要的答案。我听说您至少能随口说出一万个曾经认识的人的名字，这才是您获得成功的秘诀。”年轻的记者以为弗雷德会赞成自己的观点，并且为自己了解这么多的信息而感到惊讶，没想到弗雷德却说：“不，我至少能准确无误地说出五万个人的名字。并且，若干年后再遇见他们时，我依然会叫出他们的名字，我还会问候他们的妻子、儿女，以及聊起与他们工作和政治立场等相关的各种事情。”

这下轮到记者感到惊讶了，他不由得问：“为什么您能做到这些？您有特殊的记忆能力吗？”弗雷德接着回答道：“没有，**我只是在认识每一个人的时候，把他们的全名记在本子上，**【智慧引路：记忆再深刻的东西，总有一天会忘记，只有将它以文字的形式保存下来，才能让它得到永恒。】并且想办法了解对方的家庭、工作、喜好以及政治立场等，然后把这些东西全部深深地刻在脑海当中；下一次见面时，不论时隔多久，我都会把刻在脑海中的这些信息迅速拿出来。”

[智慧感言]

尽可能多地记住别人的名字，了解别人的爱好以及需要等。这体现的不是技巧，而是对别人最起码的尊重。当你准确地叫出曾经邂逅的朋友的名字时，对方不仅会充分感受到被尊重的感觉，也会加深对你的印象。

哲理名言

辛勤地工作，这就是我成功的秘诀。

山谷中的回音

有一家人祖祖辈辈都生活在偏僻的小山村，贫瘠的土地几乎被一代又一代的山里人掏空了。为了使妻子和几个孩子填饱肚子，这家的男主人不得不和其他村里人一起走出大山去碰运气。当父亲离开之后，家里所有的农活都压在了母亲一个人身上。为了帮助母亲**分忧**【专家解疑：分担别人的忧虑；帮助别人解决困难。】解难，家中的长子约翰只好离开了自己热爱的学校，和母亲一起照顾年幼的弟弟妹妹。

有一天，当干完了农活之后，约翰又忍不住来到了日夜思念的学校。可是学校里的一位富家子弟却嘲笑他“活像一只从地底下爬出的土耗子”。本来就对自己上不了学感到几分委屈的约翰实在受不了这样的嘲笑，带着满腹的委屈和愤怒，向那位富家子弟挥出了有力的拳头。一记拳头下去，那位富家子弟已经满脸是血。此事很快就惊动了学校，并且传到了约翰母亲那里。

听到这个消息时，母亲简直惊呆了。因为他们必须要向那位富家子弟支付一大笔医药费，而这笔医药费几乎要使他们**倾家荡产**【专家解疑：把全部家产丧失净尽。】。母亲把约翰叫到了家中，严厉地批评了他的所作所为，而且还警告他“不许再跨进学校的大门一步”。

约翰感到委屈到了极点，他非常气愤地跑出了家门，一口气跑

好词好句

惊呆

严厉

* 本来就对自己上不了学感到几分委屈的约翰实在受不了这样的嘲笑，带着满腹的委屈和愤怒，向那位富家子弟挥出了有力的拳头。

到了山谷中。到了山谷中他依然感到胸腔内充满了怒火，于是他站在那里大声地喊“我恨你，我恨你，我恨你”，他的声音刚刚停下，他就听到山谷中传来了更大的声音“我恨你，我恨你，我恨你——”这声音一声接着一声，简直要穿透他的整个心脏。

听到山谷中的回音后，他强迫自己冷静下来，懂事善良的他很快就想到了母亲的艰难，想起了母亲对自己种种的好来，于是，他又大声对着空旷的山谷喊道：“我爱你，我爱你，我爱你”，**山谷中很快传来了同样的回音“我爱你，我爱你，我爱你——”这声音更加婉转绵长。**【智慧引路：投桃报李，待人以善，别人自然也会以善回报；待人以恶，只会让事情恶性循环，情况越来越糟。】

约翰心中的委屈已经被这山谷的回音冲刷得一干二净了。他重新回到家里和母亲一起辛勤劳动，此后再也没有顶撞过母亲，对待弟弟妹妹们他也是尽可能地关心和爱护。当他第一次收到弟弟妹妹大学毕业后寄给自己的钱、书籍和营养品时，他感到了莫大的幸福。

［**智慧感言**］

你对别人怎样，别人便以怎样的态度对你。所以，当我们渴望得到周围人的关爱时，首先就要向对方付出自己的真诚和友善，否则我们得到的只有冷漠和孤独。

沟通要扣住实质

威廉·戈夫曼医生曾经在中国一家医院进修。在进修期间他在那家医院的精神科担任见习医生。这家医院的病人很多，所以他们这些见习医生不仅要**观摩**【专家解疑：观看学习，多指观看彼此的成绩，交流经验，互相学习。】老医生们的工作，而且还时常要自己处理一些病情较轻的病人。

一天，有一位年轻的女患者独自一人来到诊疗室，别的医生都在忙着，所以只有威廉·戈夫曼医生来接待她了。戈夫曼医生当时很奇怪：她的家人和朋友居然让她一个人来。因为当时来到精神科寻求治疗的人大多数已经出现很多精神病症状，一般患者都是由家人或朋友陪同前来。于是戈夫曼医生问她："没有其他人陪你来吗？"她很干脆地回答道："没有，难道我一个人来还不够吗？希望你快一点儿，我还有其他事要做。"

"也许这名患者的症状不明显，或者她的病并不严重。"威廉·戈夫曼医生这样想着，接着他对这名女患者说：**"看来你的病情并不严重。"那位年轻的女患者听到戈夫曼医生的话之后，居然恶狠狠地瞪了戈夫曼医生一眼，并且说："病情不严重？我都痛苦到这种程度了，你还说病情不严重。"**【名师点拨：戈夫曼医生这样说一方面表达了自己的真实想法，一方面想要安慰患者轻松下来，事实上是一种很不错的方法，但是患者的反应却将故事情节引入了起伏的浪涛中，让文章更具张力。】看到她的反应，戈夫曼医生想到她可能是一位抑郁型患者，于是告诉她："不要把事情想得那么严重，一切慢慢都会好的。"可是她依然不能领会戈夫曼医生的好意，居然抱着头冲他大喊："请你不要再浪费时间了，我实在是痛苦得要命。"戈大曼医生连忙问："你感到哪里不舒服？"她回答："头疼。"戈夫曼医生当时认为她可能是精神病发作了，于是只想迅速让她安静下来，他马上吩咐护士给她服用了点儿**镇静药**【专家解疑：对大脑皮层有抑制作用的药物，如溴化钾、苯巴比妥等。】，服用了镇静药之后，这名女患者果然安静了下来。

一直想搞清楚对方病情的戈夫曼医生又尝试着问女患者："你从什么时候开始出现这些症状的？"这名女患者这次出奇地配合，她告诉戈夫曼医生是自从和男朋友交往之后才这样的，因为她的父母并不赞成自己与男友交往，可是她却决定执着地追求真爱，可是在她将全部真爱付出给男友时，男友却离她而去了。女患者这样评价自己的男友：“我把全部真爱交给了他，可是他却不负责任地将全部麻烦交给了我。”

听到这话，威廉·戈夫曼医生当时吓了一跳，因为据他了解，中国的女孩子是相当含蓄的，这个女孩子的说法显然是在含蓄地表明她已经怀孕了。可是戈夫曼医生刚才却给她服用了镇静药，剂量虽然不大，但很可能对胎儿有影响。于是他急忙向女患者道歉：“对不起，我不知道你有孕在身，现在我带你到妇产科去检查好吗？”对方显然又被戈夫曼医生激怒了，而且这一次的表现相当暴躁，她大骂戈夫曼医生“神经病，乱说话，**玷污**【专家解疑：弄脏；使有污点。多用于比喻。】他人”。

威廉·戈夫曼医生感到此刻问题严重到无法处理了。幸亏这时旁边负责为戈夫曼医生提供指导的老医生走过来，**通过他与病人的一番交流，戈夫曼医生才明白，**【智慧引路：只有交流和沟通才能了解对方，只有了解对方彼此间才不会产生误会，人际关系才会和谐。】原来对方患的是比较严重的神经性头痛，可是对医院不甚了解的她却在挂号时挂了精神科的号，结果就遇到了戈夫曼这个刚刚开始实习的外国医生。病人对戈夫曼医生和医院的误会终于得以解除，否则后果真是不堪设想。

［智慧感言］

人与人之间如果缺少沟通就会缺乏理解，可是有人经常抱怨，这并不利于人际关系的改善。其实人们抱怨的这种沟通是一种从来都没有进入实质的无效沟通，这种沟通除了无益于人际关系的改善，还会带来浪费时间、耽搁工作等其他问题。

为别人打开一扇窗

几年前，小爱德华·赛克斯在美国新泽西州为一家药品公司做当地的推销代理工作。他负责把该公司的产品推销到新泽西州的各个药店，然后从药店的销售额中收取提成。为了提高工作业绩，小爱德华不得不频繁地在新泽西州的各个药店来回**奔波**【专家解疑：忙忙碌碌地往来奔走。】。与其他药品公司的推销员不同，小爱德华不会费尽口舌地说服那些药店的主人盲目地购买过多的该公司药品。这是因为大多数药品都是有一定有效期的，而且每类药品适用的人群的病症也各不相同，所以，即使药店的主人多购买此类药品会增加销售提成，但为了店主的利益，小爱德华也不会这样做。**也正是因为长期以来都这样做，所以小爱德华拥有了许多忠诚的老客户。**【智慧引路：真正的友谊是建立在真诚相待的基础之上的。】有时即使小爱德华时间太紧没来得及拜访他们，他们也会主动联系他，找他购买药品。

每次小爱德华到药店的时候，无论药店大小，也不管药店每次购买药品的**交易**【专家解疑：①买卖商品。②生意。】额多少，他都会非常热情地向店主介绍各种药品的药理和药性等，而且每次见到店主之前他总是先跟柜台的职员**寒暄**【专家解疑：见面时谈天气冷暖之类的应酬话。】一番，同时还要向那些前来购买药品的顾客报以真诚的微笑。

在一次拜访一家新开的药店时，小爱德华遇到了一位性格十分固执的客户。无论小爱德华怎样推荐本公司的药品，这家药店的主人都是一口回绝。最后小爱德华忍不住问，究竟是什么原因使得他如此坚决地拒绝这种药品。令他没想到的是，店主竟然这样回答：“我不是拒绝这种药品，而是拒绝你们公司的所有产品。因为贵公司的许多活动都是针对食品市场和廉价商店而设的，这对我们这样的小药店将产生很大的伤害。”听到店主这样的解释，小爱德华只好宣布放弃。不过在他临走的时候还是习惯性地与店员和店里的顾客打了一声招呼。

接下来，小爱德华又到邻近的其他药店去开展推销。就在他拜访完一位客户准备离开时，他接到了那位坚决拒绝购买他们公司产品的店主的电话。原来他又打算订一批货，而且数量还较多。当小爱德华问店主这是怎么一回事时，店主说是一位店员改变了他的主意。

原来那位店员在来这家药店就职以前，常常在一家大药店购买药品。因为他的母亲常年生病，他对生活感到绝望。但是在一次购买药品的时候，他遇到了正在大厅里等待店主的药品推销员小爱德华。当时正值药品涨价，他手中准备的钱已经不够给母亲买药了。小爱德华看到了处于窘境的他，不仅替他垫付了药钱，而且还给了他一个充满阳光的微笑。“要知道，正是这个充满阳光的微笑，使我心中的愁苦一扫而光，我从那时起决定自学药理知识，然后努力挣钱为母亲治病。现在我已经迈出了成功的第一步。”药店的店员说起这话时脸上还**洋溢**【**专家解疑**：（情绪、气氛等）充分流露。】着幸福的笑容。然后店员告诉店主：“这位药品推销员一定给很多药店的店员以及顾客都留下了深刻的印象，他所在公司的产品必定也会因为他的表现而引起人们的注意，所以和他做生意一定会有收获的。”

店主听从了这位店员的建议，而小爱德华则增加了一位忠诚的

好词好句

窘境

深刻

*要知道，正是这个充满阳光的微笑，使我心中的愁苦一扫而光，我从那时起决定自学药理知识，然后努力挣钱为母亲治病。

客户。同时他也在**一如既往**【**专家解疑**：完全跟过去一样。】地坚持与那些店员和顾客打招呼，并且奉上自己善意的关心和微笑。

[智慧感言]

为别人打开一扇窗，自己就可以看见更完整的天空。人与人交往贵在相互宽容、相互体谅，要想得到来自他人的真诚友谊，首先你应该为别人付出更真诚的关爱。

两只流浪狗的遭遇

一只流浪狗因为偷吃了一户人家厨房里的食物，所以被这户人家的男主人一路追打。流浪狗一路猛跑，终于摆脱了那人的追赶。结果，在仓皇逃跑的时候，它闯进了一间四面都镶着玻璃镜的屋子。

极其狼狈的流浪狗突然看到很多只狗同时出现在这个屋子里，大吃一惊，于是便冲着镜子里的狗龇牙咧嘴地表达自己的不满，而且还**示威**【**专家解疑**：①为表示抗议或达到要求而进行的显示自身威力的集体行动。②为威吓对方而显示自己的力量。】性地发出阵阵低沉的怒吼声。而镜子里所有的狗看来也都十分生气，每只狗都以同样愤怒的表情向着流浪狗表达了自己的不友好。

看到所有的狗都**龇牙咧嘴**【**专家解疑**：①形容凶狠的样子。②形容疼痛难忍的样子。】地朝着自己怒吼，这只流浪狗十分害怕，不知所措的它只好不停地绕着屋子乱跑，可是它发现，镜子中的那些狗也开始像疯了一样乱跑。流浪狗害怕它们一起朝自己发动进攻，于是急忙夹着尾巴跑出了屋子。以后，它再也没有来过这个屋子，因为它觉得自己在这里得到的只有敌意，同时它还为自己的处境感到难过，因为无论在哪里它都感觉不到丝毫的友好和温暖。

另外一只流浪狗为了躲避风雨的袭击，也在无意之中发现了这间四面都镶着玻璃镜的屋子。这只流浪狗进到屋子里看到有那么多的狗，它为自己有了更多的伙伴感到很高兴，它想，也许从今以后，自己就再也不用孤零零的了。

这样想着，它朝着镜中的其他狗摇了几下尾巴，然后它看到，镜子中所有的狗也朝着自己友好地摇了摇尾巴。

虽然此时这只流浪狗又冷又饿，但是因为有了这么多的新伙伴，它的内心却是过去从未有过的温暖。

等到它醒来的时候，屋外已经是雨过天晴。**看到屋子外明媚的阳光，有了更多“伙伴”支持的流浪狗觉得自己充满了力量，它充满信心地出外寻觅食物。**【智慧引路：面对同样的事物，以不同的心态和做法去对待，就会产生完全不同的结果。】

而且，从那以后，这只流浪狗几乎每天都要在这间无人居住的屋子里休息一段时间，有时它来这里只是纯粹为了看望那些“友好的伙伴”。

［智慧感言］

人与人之间的交往也是这样，要是你能友善地对待他人，周围的人必然也会回报给你同样的友善。如果你态度恶劣地对待周围的环境或人，那你将面对的只能是恶劣的环境和对自己态度恶劣的人。试着对他们更主动地表达你心中的善意，情形必会有所改善。

好词好句

袭击

雨过天晴

* 这只流浪狗进到屋子里看到有那么多的狗，它为自己有了更多的伙伴感到很高兴，它想，也许从今以后，自己就再也不用孤零零的了。

方向比努力更重要

夜晚，一个人在房间里四处搜索着什么东西。有一个人问道："你在寻找什么呢？"

"我丢了一个金币。"他回答。

"你把它丢在房间的中间，还是墙边？"第二个人问。

"**都不是。我把它丢在了房间外面的草地上了。**【智慧引路：刻舟求剑，只会让目标离自己越来越远；缘木求鱼，没有正确的目标，再大的努力也是徒劳。】"他又回答。

"那你为什么不到外面去找呢？"

"因为外面没有灯光。"

你肯定会觉得这个人很可笑。然而，我们生活中的有些人每天都在错误的地方寻找他们想要的东西。

［智慧感言］

一个想要找到金矿的采矿者，如果他认为在海滩上挖掘更容易，而因此就在那儿寻找金子的话，那么他找到的肯定只是一堆堆的沙土，而绝对不可能找到金子。不要在不必要的地方付出你全部的精力，若要有所收获，必须选择正确的目标。

关键时刻显大勇

美国堪萨斯州的教士里蒙克德在教堂里是一个**其貌不扬**【专家解疑：指人的容貌平常或丑陋。】的人，他既没有怀特教士那样高大的身躯和洪亮的嗓门，也没有主教那样渊博的学识和儒雅的风度。不过里蒙克德教士一向以善为本，他到处不辞辛苦地向人们宣传教义，告诫人们要一生行善。他的这些行为使得那些最初认为他毫不起眼的人感到了心灵深处的一丝触动。

由于一心向善，里蒙克德教士一生当中从不杀生。每当看到别人或者其他动物悲惨地死去时，他都会尽可能地为他们超度亡灵，而且他还从来不做违背教义的事。为此，包括怀特教士在内的一些伙伴都嘲笑他“过于**循规蹈矩**【专家解疑：原指遵守规矩。现多指拘泥于旧的准则，不敢稍做变通。】并且缺乏勇气”。对于别人的议论，里蒙克德从来都没有争辩过，仿佛自己真的就是一个没有勇气的人。

南北战争时期的一天夜里，堪萨斯州受到了昆特瑞尔的游击队的突袭。还在睡梦中的卫兵们被游击队杀得一干二净，整座城已经没有任何安全保障了。进入城里的游击队到处抢劫、杀戮，就连教堂也被他们占领了。他们到处作恶，几乎遇见一个杀一个，即使人们百般恳求，他们杀起人来也不会眨一下眼睛。如果被他们认定为废奴论者，那更是必死无疑。这就是震惊世界的“劳伦斯大屠杀”。

当一名游击队员手持枪支闯进里蒙克德教士的房间时，里蒙克德教士刚刚穿好衣服。这名游击队员恶狠狠地用枪把里蒙克德教士抵到墙角，然后问道：“你是支持废除黑奴的北方佬吗？”

里蒙克德教士没有像游击队员想象中那般惊恐，他仍旧用平常那种平静的声音回答对方：“是的，我是。你知道得很清楚，你们应该为现在的行为感到羞耻。”

游击队员愣在了那里，他被里蒙克德教士的一腔**正气**【专家解疑：①光明正大的作风或风气。②刚正的气节。③中医指人体的抗病能力。】

好词好句

告诫

*每当看到别人或者其他动物悲惨地死去时，他都会尽可能地为他们超度亡灵，而且他还从来不做违背教义的事。

镇住了，然后他托着枪支的手渐渐垂了下去。里蒙克德抓住游击队员的手指向窗外，同时说道："看看你们犯下的罪孽，你们难道就没有一丝一毫的怜悯之心吗？你们难道看不到那些被杀害者眼中的痛苦和悲愤吗？你们同样有父母兄弟、妻子儿女，窗外的那些人和你的亲人一样都有生存的**权利**【专家解疑：公民或法人依法行使的权利和享受的利益（跟"义务"相对）。】！"游击队员突然大哭起来，然后像一个虔诚的忏悔者那样开始接受里蒙克德教士的教诲。当大屠杀结束时，里蒙克德教士仍旧在教堂中布经讲义，仍旧像往常一样乐善好施，因为自己的勇敢，他比那些死在大屠杀中的人多活了20年，20年之后，他死于肺癌。

过去一向嘲笑里蒙克德的怀特教士同许多人一样死于那次大屠杀，据说他是在游击队员闯进自己的房间之前吞药而死。【名师点拨：是真正的勇者还是懦夫，只有在重要关头才能显现出来，而逞口舌之利，大多只是践踏着他人的尊严来满足自己无耻的虚荣心。】

［智慧感言］

真正的勇敢并不是在一些细枝末节事情上的逞能，而是面临严重威胁时的大义凛然和毫不退缩；勇敢也不是被动地接受眼前的一切，而是以自己的勇气战胜和压倒邪恶，使对方做出让步。

挑战"不可能"的目标

有一位军事家，他曾经在欧洲大陆**所向披靡**【专家解疑：比喻力量所到之处，一切障碍全部扫除】，他的名字令所有与他为敌的人闻风丧胆，他领导的军队几乎无往不胜，他就是来自于法国科西嘉岛的小个子男人——拿破仑·波拿巴，一个曾经在世界历史上写下重要篇章的伟大人物。

拿破仑·波拿巴的一生颇富传奇色彩，但是任何一个奇迹几乎都是凭他自己的能力和胆识来创造的。他冒着严寒率领军队翻越险峻陡峭、白雪皑皑的阿尔卑斯山并且打败装备先进的英国和奥地利联军，就是一次极富传奇色彩的经历。

当英奥联军将拿破仑的属下马塞纳将军率领的军队围困在意大利的热那亚时，脾气暴躁的拿破仑·波拿巴被激怒了，他发誓一定要使英奥联军尝到苦头。可是愤怒的拿破仑并没有因此而丧失理智，他清楚地知道，如果马塞纳将军率领的军队不能及时得到增援，那这支精锐的法国军队很可能就要全军覆灭。但是要想及时支援马塞纳将军，那他就必须率领军队翻过险峻陡峭、白雪皑皑的阿尔卑斯山。“必须翻过阿尔卑斯山，形势容不得再有半点犹豫”，拿破仑神态坚决地对属下们说，然后他果断地下达了命令：“准备好必要的物资，马上全速前进。”

军队开始前进了，拿破仑和属下找来的向导边走边商量具体的行军路线。行军路线很简单，可是真正走起来却没那么容易。皑皑白雪几乎没过了人们的膝盖，有的地方甚至与人们的腰身相齐。很多路段骑着马是不能前进的，拿破仑大多数时候都是和士兵们一样深一脚、浅一脚地攀登着陡峭的山峰。山峰上寒风**凛冽**【**专家解疑**：刺骨地寒冷。】，可是拿破仑依然坚定地与士兵们一起前进，当饥饿袭来的时候，他们只能用力地啃那些已经被冻得坚硬的食物。

就在拿破仑率领军队艰苦地翻越阿尔卑斯山的时候，英奥联军的将领们正围着火炉、喝着美酒嘲笑拿破仑的**异想天开**【**专家解疑**：形容想法离奇，不切实际。】。**“也许等马塞纳被我们剿灭之后，我们还得派人到阿尔卑斯山上为拿破仑收尸”，其中一位英国军官狂笑着说道，他的话引来了其他军官的一阵阵哄笑。**【**名师点拨**：从此处可以看出英军的狂妄自大和对敌人的轻视，这也是他们最终战败的主因。】

可是几天之后，这些人再也笑不出来了——拿破仑·波拿巴，这个小个子男人率领的军队如同神兵天降。在这些威武的神兵面前，毫无防备的英奥联军被一举击败。马塞纳将军率领的精锐部队迅速得到支援，法军又一次获得了整个战役的胜利，有人将这次胜利称为“奇迹”。

[智慧感言]

石缝中的野草，悬崖上的松柏，暴风雨中的海燕……它们并非具有天生的神力，但是它们却创造了人们想象不到的奇迹。这是因为它们具有挑战“不可能”目标的勇气。

没有人全知全能

1976年12月10日，祖籍山东日照的物理学家丁肇中因发现了粒子而获得诺贝尔物理学奖。在颁奖典礼上，这位出生于密歇根大学城的美籍华裔坚持用汉语发言。这在当时引起了轰动，至今想起来仍然令所有的中国人感动。

2004年11月，丁肇中受我国南京某大学之邀到该校作报告。在报告会上，学生向这位科学巨匠**踊跃**【**专家解疑**：①跳跃。②形容情绪热烈，争先恐后。】提问。在与大学生展开互动交流的过程中，丁肇中对大学生们提出的问题，总是尽自己所能认真地予以回答。丁肇中认真的态度激发了更多学生提问的兴趣，其中有一位学生站起来问道：“您觉得人类在太空上能找到暗物质和反物质吗？”丁肇中坦言道：“不知道。”另一位学生站起来又问道：“您觉得您从事的科学实验有什么经济价值吗？”丁肇中依然认认真真地答道：“不知道。”又有一位学生起身问这位物理学大师：“您可以谈一下物理学未来二十年的发展方向吗？”丁肇中依然像回答前两个问题一样神态自然却又十分认真地回答：“不知道。”

在这位对物理学做出过划时代贡献的科学巨匠连续说了三个“不知道”之后，报告厅里的所有师生不再有人站出来提问，刚才还气氛热烈的报告厅内一阵沉静。【智慧引路：不知道的事情绝对不能去主观推断，而最尖端的科学很难靠判断来确定是怎么回事。正是“不知道”激发的强烈求知欲，使丁肇中读起书来孜孜不倦，努力钻研，终成一代科学巨匠。】片刻之后，报告厅的各个角落几乎在同一时间爆发出一阵阵响亮的掌声，这掌声持续了好长时间。

让我们重新将注意力转回到该校学生提出的那三个问题上。类似的问题我们常常在各种各样的学术研讨会或者其他会议上听到，这样的问题实在算不得深奥和古怪，甚至算不上新颖。可是对于这样的问题，丁肇中为什么会用“不知道”三个字来回答呢？

认真想一想，这样的问题确实还没有一个准确的答案，即使是对物理学有着深刻研究的丁肇中博士也无法给予提问者一个精确的回答。可是，他完全可以用一种比较“灵活”的方式敷衍过去，在那样的场合是不会有人与他较真儿的。更何况，在那些敬仰他的大学生眼中，他的回答无论是敷衍还是搪塞，都相当于**金科玉律**【专家解疑：比喻不能变更的信条或法律条文。】。

然而，正是因为知道自己的言行对很多人具有一定的影响力，正是基于对科学和做人的认真，丁肇中才勇于在那种公开场合坦然承认自己“不知道”。对丁肇中有所了解的人都知道，说“不知道”对于丁肇中来说实在是一件再平常不过的事情。无论是在接受电视台采访时，还是在重要的学术交流会上，或者是在种种报告会或演讲会上，对于自己不清楚或者不太了解的问题，他都会坦然地说一声“不知道”。他不会顾及所谓的“颜面”，他只是坚持中华民族的一条古训“知之为知之，不知为不知”。**反过来想，如果不是有**

这种实事求是的科学态度和严谨务实的学术品格，丁肇中可能也不会取得如此令世人瞩目的成就。【智慧引路：对待学习和工作一定要诚实，要以一颗真诚的心去探究自己不知道的知识，不懂装懂只会误人误己，贻笑大方。小朋友应该向丁肇中学习，实事求是地对待知识。】

[智慧感言]

在众目睽睽之下，承认自己“不知道”，这实在是一种不简单的勇气。正是因为具备这种严谨务实的精神和过人的勇气，“大师”才能成为“大师”，而那些不懂装懂、故作深沉、佯装无所不知的人充其量不过是“伪大师”罢了。

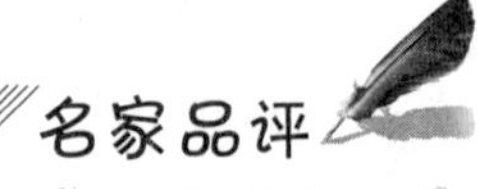

事实上，工作（事业）对一个人的回报，主要取决于他对待工作（事业）的态度，二者相辅相成。如《不为薪水而工作》中的吉姆·墨菲，他纵观全局，将集体工作当成自己个人的事业，终于创下了令人羡慕的成就，而他的好朋友大卫·安德森将事业当成工作，一辈子碌碌无为；《挑战“不可能”的目标》中的拿破仑·波拿巴，他翻越雪山，也是经历过千辛万苦之后才创造出奇迹，最终打败了敌人的。可见只要我们有一种不服输的精神，积极对待工作，最终就能完成从弱势地位到强势地位的转换，创造出属于自己的人生境界。

阅读思考

1.“不磨刀就等于没有刀”说的是怎样的人生哲理？

2.为什么说看不到目标比死还可怕？

3.为什么说只有摆脱世俗，才能成为强者？

第四章

理性篇

理性是获得自由和成功的基础，理性的人能够客观地认识这个世界，认识自己，知道自己应该干什么，不能干什么，能够让自己在一条正确的道路上始终如一地走下去。在本章中，《欺人者自欺》道出了怎样的人生启示呢？伊丽莎白·康黎面对丧子之痛，是如何坚强地生活下去的？贪嘴的大雁为什么会发生被抓捕的悲剧呢？

生死与共

当一个盲人和他的导盲犬像平时一样走过街道时，一辆刹车失灵的大卡车突然直冲过来。导盲犬试着用身体将主人顶出卡车前部，但主人却并没有因此而生还，等到大卡车终于停下时，他们的尸体已经血肉模糊。

盲人和导盲犬在死去之后，他们的灵魂依然在一起，不过这时盲人已经能看清周围的一切了，导盲犬仍然像活着的时候一样带着

好词好句

血肉模糊

* 导盲犬试着用身体将主人顶出卡车前部，但主人却并没有因此而生还，等到大卡车终于停下时，他们的尸体已经血肉模糊。

主人跟随天使一起到了天堂门前。

在天堂门口，天使拦住他们说："对不起，现在天堂只剩下一个名额，你们两个中必须有一个下地狱。"

主人急忙告诉天使，说他希望能由自己来决定究竟谁进天堂，谁去地狱。【名师点拨：主人到底是自私还是无私，会做出怎样的决定？作者在吸引读者阅读兴趣的同时为下文埋下了伏笔。】

天使看到这个主人如此自私，不由得皱起了眉头，她想了想说："很抱歉，先生，**每一个灵魂都是平等的**，你们必须通过比赛来决定由谁进天堂。"

主人失望地问："哦，什么比赛呢？"

天使说："这个比赛很简单，就是赛跑，从这里跑到对面的那扇大门前，谁先到达目的地，谁就可以进天堂。"主人想了想，同意了。为了让那只忠诚的导盲犬清楚事情的真相，天使又对导盲犬重复了比赛规则。

当主人和狗都表示准备好了之后，天使宣布赛跑开始。

最初天使以为主人为了进入天堂，会拼命往前奔，谁知道主人只是慢吞吞地往前走着。更令天使吃惊的是，那条导盲犬也没有奔跑，它配合着主人的步调在旁边慢慢跟着，一步都不肯离开主人。天使猜想，可能是多年来这条导盲犬已经养成了习惯，永远跟着主人行动。也许主人正是利用了这一点，才**胸有成竹**【专家解疑：画竹子时心里有一幅竹子的形象（见于宋晁补之诗"与可画竹时，胸中有成竹"，与可是宋代画家文同的字）。比喻做事之前已经有通盘的考虑。也说成竹在胸。】。天使认定主人会在天堂门口叫他的狗停下，这样一来，他不费吹灰之力就能轻轻松松地进入天堂了。想到这里，天使觉得自己

哲理名言

每一个灵魂都是平等的。

真是被这个主人给愚弄了，同时她更为那只忠诚的狗感到不值。

天使既为那只狗感到难过，又为主人的行为感到愤怒，她必须帮助那只狗，于是她大声对狗说：“你已经为主人献出了生命，现在，你的主人已经能看到东西了，他不用你领着同样能走路。你快跑到前面吧！”

可是，无论是主人还是那只狗，都像没有听到天使的话一般，仍然慢吞吞地往前走，**而且天使发现，越到接近终点的时候，他们的步伐越慢，最后简直就是在磨磨蹭蹭了。**【名师点拨：一般来说，人们之所以有奇怪的举动，大多背后都隐藏着内在的原因。】

如天使先前猜想的那样，在接近终点时，主人发出一声口令，狗听话地坐下了。天使用鄙视的眼神看着这个自私自利的主人。

看到天使的眼神，主人并没有感到羞愧，而是直视着天使对她说：“我终于把我的狗送到天堂了，我最担心的就是它根本不想进天堂，只想跟我在一起……所以我才想帮它决定。”

天使显然没有料到主人会这样想。

主人又说：“我再让它往前走几步，它就可以进天堂了。不过它陪伴了我那么多年，这是我第一次可以用自己的眼睛看着它，所以我忍不住想要慢慢地走，多看它一会儿。不过天堂到了，那是它最应该去的地方，请你照顾好它。”接着，主人向狗发出了前进的命令。就在狗到达终点的一刹那，主人像一片羽毛似的落向了地狱的方向。**而他的狗发现主人掉下地狱，也马上随着主人一起下落。**【智慧引路：生死不离，祸福与共，不仅是对彼此的忠诚，更是一种高

好词好句

鄙视

羞愧

* 不过它陪伴了我那么多年，这是我第一次可以用自己的眼睛看着它，所以我忍不住想要慢慢地走，多看它一会儿。

尚的道德品质。】

结果导盲犬又和主人在一起了，即使是一起下地狱。

［智慧感言］

对于忠诚最深刻的诠释是什么？有人说是互相珍爱，彼此尊重；还有人说是恭恭敬敬，有恩必报……其实，忠诚最深刻的诠释是生死与共，永不离弃。

欺人者自欺

当越来越多的国家卷入第二次世界大战时，几乎所有参战的国家都设置了各自的训练营。

有一个国家的训练营内正在组织一次赛跑，军队领导经过仔细的**勘查**【**专家解疑**：实地查看或调查，特指在采矿或工程施工以前，对地形、地质构造、地下资源蕴藏情况进行实地调查。】和科学的设计，为这次赛跑选了一条十分考验人的路线。领导非常重视这次赛跑，因为他们决定从这次赛跑的前几名中挑选几个人去执行一项非常艰巨的任务。

赛跑还在继续着。士兵卡尔身材十分瘦小，在进行这次**越野赛**【**专家解疑**：自行车、汽车、摩托车运动比赛项目之一。在有天然保障的复杂地形中进行比赛。】的过程中他曾经多次感到体力不支，但是他时刻都在心中告诉自己“绝对不可以放弃，必须坚持下去”。眼看着自己在越野赛中越来越落后了，同时他从自己跑过的路程当中发现，几乎是越往后路线越复杂，跑起来也就越困难，到后来他已经是寸步难行了。不过，有一个念头时时支撑着卡尔的双腿，那就是**“不论第几名，哪怕是最后一名跑到终点，我也要让自己完成这**

次赛跑”。【智慧引路：信念是力量的源泉，没有坚定的信念，人们的工作就失去了动力，必以失败而告终。】

就在卡尔感到体力越来越不支的时候，他的面前出现了一个岔路口。这个岔路口分别通向两条不同的道路。在岔路口处竖立着两个指示标，分别标出两条道路：一条是军官跑道，一条是士兵跑道。凭借过去的经验，卡尔知道通常负责管理的军官们一般在体能方面不如普通士兵，所以为了方便他们，军官跑道一般要比士兵跑道更平坦，更容易到达终点。虽然心中有一些不平，但卡尔依然朝着士兵跑道的方向继续跑去。同卡尔一样看到指示标的士兵们也同样在那里想了一下，可是大多数士兵都朝着军官跑道前进了。令卡尔感到奇怪的是，后面的道路比他以前跑过的道路要平坦得多，跑起来也更加轻松。更令他感到奇怪的是，自己没跑出多远，居然在通过一个黑暗的隧道之后就看到了前方飘扬的彩旗，还有设在终点处的主席台——他已经跑完了整个路程。

当卡尔跑到终点时，他看到最高长官麦克逊将军亲自过来与自己握手，并且祝贺他跑出了前十名的好成绩。卡尔感到不可思议，因为过去他从来就没有跑出过如此好的成绩，甚至他连前五十名的成绩也没有取得过。

当他问麦克逊将军那些选择军官跑道的士兵都在哪里时，麦克逊将军告诉他：“他们还在路途中，不知道天黑之前还能不能出来。”**原来，当初设置那个指示标的目的并不是要让军官和士兵分开赛跑，因为参加这次越野赛的根本就没有一名军官，军队领导人之所以要那样设置，完全是为了考验士兵们的诚实度。**【名师点拨：这句话解开了卡尔的种种疑惑，也让读者有一种豁然开朗的感觉。】结果，卡尔以其绝对的诚实赢得了比赛，同时也获得了执行那一项艰巨任务的机会。

［智慧感言］

你对生活表现出的态度越真诚，生活给你带来的快乐和成功就越多。不欺骗生活的人，生活终会优待他，反之亦然。

对职业的忠诚

有一位铁匠，铸铁技术一流。他铸造出来的工具得到了当地许多人的认可和赞赏。【名师点拨：作者简单地交代了故事发生的背景，为后面包工头请老铁匠铸铁锤的故事做了铺垫。】在士兵眼中，没有人比这位铁匠造出的武器更**坚韧**【专家解疑：坚固有韧性。】；在农民眼中，没有人比这位铁匠造出的犁具更耐用；在工匠们眼中，没有人比这位铁匠铸造的工具更结实好用。

这一天，几个木匠来到铁匠铺中要求铁匠为他们每人做一把最好的锤子，因为他们几个人打算结伴到邻村的一个包工老板那里去做木匠活儿。“你们是要最好的铁锤吗？”铁匠问几个木匠，他们齐声回答道：“是啊，否则也不会花大价钱来你这里了。”铁匠听到回答笑了两声，然后说：“只要你们愿意出钱，我就保证给你们每人做一把最好的锤子。”

“听说那个包工头承包了一项非常大的工程，这一下可有你们几个人干的了。”铁匠边给他们打造锤子边和这几个木匠聊天。“是啊，不过在我们开工之前，你可是先要忙活一阵子了。”答话的是一个嗓音很大的高个子木匠。

铁匠边聊天边工作，而且这几个木匠还时不时地主动上来搭把手，几把铁锤在不知不觉中做好了。几个木匠试了试果然十分好使，于是付过钱之后兴冲冲地走了。

几天之后，那位承包了大工程的包工头亲自找上门来要求向铁匠定做几十把“最好的锤子”，而且包工头还特别强调，一定要比前几天来过的那几位木匠手中的铁锤更好。他还表示，只要铁匠能够做得出更好的锤子，那么他愿意支付更多的钱。

听完包工头说的话之后，铁匠笑了笑，说道：“以我目前的技术已经不可能做到比他们手中更好的铁锤了。”

包工头**不以为然**【专家解疑：不认为是对的，表示不同意（多含轻蔑意）。】地说道：“他们一共才要几把铁锤，我要的数量可多得很。再说每把铁锤我支付的价钱一定会比他们高得多，难道放着这么好的生意你不做吗？”

铁匠回答：“我当然愿意做这笔生意，可是当初我给他们做时已经尽我所能地做到了最好，现在也不可能再做出更好的铁锤了。其实无论你给我多少钱，无论主顾是谁，凡是我接手的生意，我必定会尽我所能做到最好。也许在几年以后，随着我技术水平的提高还会做出更好的工具，但是现在我真的做不了。”

听到铁匠的话，包工头无话可说，他决定仍旧在这里定做几十把“最好的铁锤”，而且还决定以后但凡他需要的工具都在这里定做。

[智慧感言]

忠诚与权势、利益等无关。对于职业的忠诚并不仅仅是为了从职业中获取某种利益，而且是将自己的工作当成信仰，将每一次任务当成使命，在现代社会，真正的忠诚更应该是一种职业的责任感和使命感。如果缺少了充分的责任感和使命感，即使能够

好词好句

强调

* 其实无论你给我多少钱，无论主顾是谁，凡是我接手的生意，我必定会尽我所能做到最好。

利用自身的职业技能获取一定的物质利益，可是在精神上，这样的人却最贫穷。

忠诚价值何止百万

保罗一家是全城唯一没有汽车的人家，这给他们一家人的工作和生活带来了很多不便。可是没办法，谁让他们没有钱呢。【名师点拨：这两句话为后文保罗买彩票的事情做铺垫，表达了作者对贫苦人民的同情。】

除了每天辛辛苦苦地工作之外，老保罗每周都要购买一次彩票。**虽然每次都没有中奖，可是老保罗觉得总要给自己和家人一点儿希望。**【智慧引路：人只有活在希望之中，才有奋发图强的动力，才能改变现状，获得新的成功。】就这样，一家人在勤劳与平静中过了一年又一年。

又是一年春天，在一个领完工资的周末，老保罗决定还像以前一样购买一张彩票。就在老保罗拿着工资走出工厂大门的时候，老板约翰先生从口袋里抽出一张钞票，委托保罗为自己购买五张彩票。老保罗到销售彩票的商店先为老板购买了五张彩票，他打算拿到老板的彩票之后再为自己购买另外一张彩票。可是就在他拿到属于老板的五张彩票之后，他发现其中有两张中了大奖，一张是一百万的大奖，还有一张是中了一辆汽车。这真是一个令人振奋的好消息，可是老保罗很快就意识到这个好消息根本不属于自己。

销售彩票的老板也十分兴奋，他看到愣在那里的老保罗，以为他被这个突如其来的好消息给吓傻了。老板一边指挥店员迅速将这个好消息散播出去，一边提醒老保罗赶快去**兑现**【专家解疑：①凭票据向银行换取现款，泛指结算时支付现款。②比喻实现诺言。】大奖。

老保罗当时在心里不是没有想过，他比任何人都清楚自己家里是多么需要这两份大奖。如果有了一百万的奖金，他的几个孩子就可以去更好的学校读书了，将来也许会成为知名的律师、医生或者科学家；如果他开着崭新的汽车回到家里的话，妻子和孩子们一定会开心地跳起来的。但是这一切都不应该属于自己。当然，如果自己再花几个小钱购买两张彩票，老板那里其实是非常容易应付过去的。那样的话，这一切好运就真的可以完全降临到自己身上了。或许可以只把汽车开回自己家，那一百万的奖金则由老板来领取，毕竟家中现在最迫切需要的是一辆汽车，而且这样做的话，自己心里也算平衡。

老板急着在旁边催促，可是老保罗却一直没能做出决定。【名师点拨：老保罗之所以迟疑不决，是因为内心正在做着激烈的思想斗争，为他后面对老板的忠诚之举做铺垫。】的确，这样的决定实在是不好下。忽然，老保罗想通了，他拿起商店的电话拨通了老板的号码，告诉老板中了两份大奖。当他挂上电话的那一刻，他的脸上满是泪水，同时也露出了**如释重负**【专家解疑：像放下重担子一样，形容解除精神压力后心情轻松愉快。】的笑容。

［智慧感言］

真正的忠诚是在没有任何监督措施的情况下，面对威胁或诱惑，依然保持诚实守信这一高贵的品质。其实大多数时候，能够约束我们的都不是外在的监督或控制，而是内心的忠诚。

谁能对你更忠诚

艾森·波德默曾经有一个富有而幸福的家庭，父亲贾迪·波德默是一名成功的犹太商人，艾森和弟弟也都各自拥有温柔的妻子和可爱的孩子。可是在“二战”期间，疯狂的纳粹分子使这个幸福美满的犹太家庭很快就**分崩离析**【专家解疑：形容集团、国家等分裂瓦解。】了。当得知希特勒下令搜捕德国所有的犹太人时，年迈的父亲贾迪·波德默召集全家商讨对策，最后想出一个没有办法的办法：向德国的非犹太人求助，争取在他们的帮助下逃离德国。

应该向谁求助呢？在这种时候，能够帮助他们的人必须是对他们绝对忠诚的人，否则他们就是自寻死路。艾森·波德默和弟弟都认为，应该向银行家金·奥尼尔求助，因为他一直把波德默家族视为他的恩人。金·奥尼尔以前只是一家银行的小股东，在波德默家族的资助下他才拥有了现在的事业，而且贾迪·波德默已经和他有了几十年的亲密友谊。现在波德默家族几乎要遭到**灭顶之灾**【专家解疑：指致命的灾祸。】，向他求助，他一定会努力营救的。

然而父亲却不赞同儿子们的提议，他认为应该向木材商拉尔夫·本内特求助，他曾经给过波德默家族非常慷慨的帮助。虽然彼此很少往来，但贾迪·波德默每逢危难时刻最先想到的仍是这位老恩人。

艾森·波德默虽然并不赞同父亲的决定，但是他尊重父亲的选择，他也相信父亲这样做一定有足够的理由。于是他约弟弟一起到拉尔夫·本内特家中求助。可是弟弟却认为不如找金·奥尼尔更合适，最后两个人分别去找父亲的两位朋友求助。令他们没有想到的是，兄弟俩的分别竟然成了**永别**【专家解疑：永远分别，多指人死。】。

弟弟刚刚到银行家金·奥尼尔家中不到一刻钟，就被金·奥尼尔打电话叫来的纳粹分子抓走。【智慧引路：果然不出艾森·波德

好词好句

年迈

慷慨

* 在这种时候，能够帮助他们的人必须是对他们绝对忠诚的人，否则他们就是自寻死路。

默的父亲所料，艾森·波德默的弟弟很快被受过自己恩惠的人出卖了。恩将仇报是一种可耻的行为，小朋友不可向银行家金·奥尼尔学习。】在弟弟被捕的几天之后，家里的十口老小全部被抓，之后他们全部死在纳粹集中营中。而艾森·波德默在找到木材商拉尔夫·本内特之后，很快就被本内特藏到家中的地下室；由于形势危急，本内特只能帮助艾森·波德默和他的五个儿女逃到日本。

当“二战”结束后，艾森·波德默发现父母亲和其他家人的死因时，不由得感慨父亲当时的明智，同时也用自己的亲身经历为人们提出了一个全新而又深刻的忠诚理念。正如他在其回忆录中指出的那样：“许多人认为，要赢得他人的忠诚，最好的办法是给其恩惠。其实，这是对人性的误解，**在现实中真正对你忠诚的，都是曾经主动给过你恩惠的人。**”而他的这一观点，正是通过自己和家人血的教训中总结出来的。

［智慧感言］

人用自己的一生演绎着忠诚，只不过，不同的人会演绎出不同的版本：一些人一直在不懈地追求忠诚，可他们常常最后才发现，自己用一生去追求的忠诚实际上是一种被曲解了的人性；还有一些人在拼命表达着自己的忠诚，可是却不知道谁能对自己更忠诚。

哲理名言

在现实中真正对你忠诚的，都是曾经主动给过你恩惠的人。

智慧的牧师

一个人因为一件小事和邻居争吵起来，争论得**面红耳赤**【专家解疑：形容因急躁、害羞等脸上发红的样子。】，谁也不肯让谁。最后，那人气呼呼地跑去找牧师。**牧师是当地最有智慧、最公道的人。**【名师点拨：作者用补叙的手法对那个人之所以去找牧师的原因进行了交代，让文章的结构更加紧凑。】

“牧师，您来帮我评评理吧！我那邻居简直不可理喻，他竟然……”那个人怨气冲冲，一见到牧师就开始了他的抱怨和指责。

牧师说：“对不起，我现在有事，麻烦你先回去，明天再说吧。”

第二天一大早，那人又愤愤不平地来了，不过，显然没有昨天那么生气了。

“今天，您一定要帮我评出个是非对错来，那个人简直是……”他又开始数落起别人的劣行。

牧师不快不慢地说：“你的怒气还是没有消除，等你**心平气和**【专家解疑：心里平和，不急躁，不生气。】后再说吧！正好我的事情还没有办好。”

一连好几天，那个人都没有来找牧师。牧师在前往布道的路上遇到了那个人，他正在农田里忙碌着，他的心情显然平静了许多。

牧师微笑地问道：“现在，你还需要我来评理吗？”

那个人羞愧地笑了笑，说：“我已经心平气和了！现在想来也不是什么大事，不值得生气的。”

牧师仍然不快不慢地说：“这就对了，我不急于和你说这件事情就是想给你时间消消气啊！记住：不要在气头上说话或行动。”

随着时间的推移，怒气往往会自己溜走，稍稍耐心地等一下，不必急着发作，否则会惹出更多的怒气，付出更大的代价。

[智慧感言]

心平气和方能化解矛盾。人生路上会遇到许多不如意的事，磕磕绊绊也少不了，是心平气和地去化解，还是怒气冲天地去对待？往往一件小事就能决定你今后的命运。

丢了两块钱的车

罗森在一家夜总会里吹萨克斯，收入不高，然而却总是乐呵呵的，对什么事都表现出乐观的态度。

罗森很爱车，但是凭他的收入想买车是不可能的。与朋友们在一起的时候，他总是说："要是有一部车该多好啊！"眼中充满了无限**向往**【专家解疑：因热爱羡慕某种事物或境界而希望得到或达到。】。有人逗他说："你去买彩票吧，中了奖就有车了！"

于是他买了两块钱的彩票。可能是上天优待他，罗森凭着两块钱的一张体育彩票，果真中了个大奖。

罗森终于如愿以偿，他用奖金买了一辆车，整天开着车兜风，夜总会也去得少了。

然而有一天，罗森把车停在楼下，半小时后发现车被盗了。

朋友们得知消息后，想到他那么爱车如命，几万块钱买的车眨眼工夫就没了，都担心他受不了这个打击，便相约来安慰他："罗森，车丢了，你千万不要太悲伤啊！"

罗森大笑起来，说道："嘿，我为什么要悲伤啊？"

朋友们疑惑地互相望着。

"如果你们谁不小心丢了两块钱，你们会悲伤吗？"罗森接着说。

"当然不会！"有人说。

"是啊，我丢的就是两块钱啊！"罗森笑道。【名师点拨：罗森明

明丢的是车，他却说丢的是两块钱。这是因为他拥有乐观的心态，能够战胜自己的负面情绪。】

[智慧感言]

换一种心态，换一个角度，就能得到快乐。千万不要被生活中的负面情绪所左右，要有一种正确认识挫折和烦恼的胸怀。

一次演出

杰米·杜兰特是上世纪的伟大艺人之一。第二次世界大战结束后的一天，他被邀请参加一场慰劳退伍军人的演出。可因为演出安排得太紧张，他遗憾地告诉邀请单位，自己只能够做几分钟的演出。主办单位前来邀请他的负责人还是很高兴他能到场，欣然同意了。

当杰米·杜兰特走到台上，掌声立刻潮水般响了起来。这样的场景，杰米·杜兰特早已经**司空见惯**【专家解疑：相传唐代司空（古代中央政府中掌管工程的长官）李绅请卸任和州刺史（古代一州的行政长官）刘禹锡喝酒，席上叫歌伎劝酒。刘作诗："鬖髻（wǒ tuǒ）梳头宫样妆，春风一曲杜韦娘。司空见惯浑闲事，断尽江南刺史肠。"（见于唐代孟棨《本事诗》）现在用"司空见惯"指看惯了就不觉得奇怪。】了，可奇怪的事情还是发生了，他演出结束后没有按照事先和主办单位说好的，立刻离场，而是表演起来，15 分钟、20 分钟、30 分钟……这一场演出出乎所有人的意料，因为，这几乎是杰米·杜兰特最近一年以来时间最长的一次演出。

当杰米·杜兰特**鞠躬**【专家解疑：①小心谨慎的样子。②弯身行礼。】下台，主办单位的负责人拦住要匆匆离去的他，感激而又诧异地问他怎么会改变计划。杰米·杜兰特说道："我本打算离开，但我没有办法离开，因为我看到了第一排的两名观众……"原来，在第一排坐着两个男人，**两个人都在战争中失去了一只手，一个人失去了左手，一个人失去了右手，但他们互相配合，用各自的一只手有节奏地击打对方的手，那样开心、响亮……**【**智慧引路**：身残而志坚，积极向上地向厄运挑战，也能找到一片属于自己的天空。】

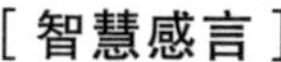

当我们的条件受到限制，当我们的能力被命运打折，我们仍没有理由气馁和颓废。因为，我们还可以和身边的人合作出我们的心意、激情和力量。

有口无心的遗憾

曾经有一位朋友为人耿直，心地也十分善良，可是周围却很少有能谈得来的朋友，原因就是这位朋友过于“不会说话”，经常因为一些**有口无心**【**专家解疑**：嘴上爱说，心里不存什么。多指话虽不好听，却并无恶意。】的话使人感到不舒服。虽然熟悉他的人都知道他本人完全没有恶意，可是实在不愿意和他在一起谈天说地。

一次，朋友参加一位同学的婚礼。新娘子苗条靓丽，前来祝贺的人都夸新郎好福气。**可是这位朋友说的话却令在场的人无不感到惊讶，新郎新娘更是既尴尬又心怀怒气。**【**名师点拨**：作者用倒叙的手法先介绍事情的结果，避免了读者产生突兀之感，同时也引导读者对下文进行阅读。】他是这样说的："现在人们都喜欢苗条的女孩子，女士们自身也以苗条为美。其实苗条也许看起来赏心悦目，可实在不利于身体健康。身体过于单薄的人容易得重病，而且自身免疫力不好，一旦得病就很难治愈。古代就有人说腰身细弱其实是一种薄命相……"在如此喜庆的场合，朋友却说出这些不吉利的话，实在是令人**懊恼**【专家解疑：心里别扭；懊悔烦恼。】。好在新郎新娘有涵养，又素知他的为人，所以当时没跟他计较，可是心里却很是不悦，日后与这位朋友的交情明显地疏远了许多。而当时在场的其他朋友们也是不由得暗伸舌头，或许很多人都在考虑等自己办喜事时是否会邀请他出席。

这时这位朋友又来了一句："中老年人发胖容易中风，咱们的老师没有中风吧？"

当这话传到这位恩师耳中时，恩师自然十分生气【智慧引路：一日为师，终生为父。文中的那位朋友虽然口才欠佳，然而心中是一片善意。】，原本还打算推荐他到一个朋友的公司中担任要职，但因此打消了这个念头。

在工作中，这位朋友也同样因为不会说话而屡次栽跟头。

一次，在工作总结会上，大家先是各自总结了自己在前一段时期的工作情况，然后经理又让大家互相谈谈彼此间的看法。

在这样的场合，大家一般会互相指出对方的优点。尽管也免不了针对别人的缺点给出一些善意的建议，不过，通常都会表达得比较委婉，既不会让对方感到尴尬，又会让对方领会自己的好意。可是这位不会说话的朋友就完全不顾及这些，他先是对自己工作过程中表现出来的长处和短处都毫不避讳地进行了一番实事求是的总结，在谈到对别人的看法时，他的话虽然同样客观地反映了事实，可是说话的方式却让同事们都难以接受。如在谈到一位同事性情老实时，他居然文绉绉地冒了一句"老实人乃无用之别名"；在谈到另一位同事工作业绩出众时，其他同事都表示祝贺，经理还赞赏他再接再厉，不要骄傲自满，可是这位朋友却愣生生地插进一句："小心乐极生悲！"结果，在同事中他经常遭到排挤。经理即便爱惜人才，也无法接受他的说话方式，**所以每逢需要见重大客户，经理都尽可能地不派他去，因为怕他得罪客户。这样一来，虽然，他在其他方面的工作能力很突出，可是业绩却一直不好。**【智慧引路：这句话向人们暗示了两个很残酷却非常现实的道理：①说话方式比技能更加重要；②若想取得伟大的成就，必须得到重要人物的青睐，一己之力再强也是枉然。】当周围的朋友和同事都有所成就时，他却只能成为一个平平常常的人。

［智慧感言］

良好的口头表达能力已经受到了越来越多人的重视。不论是在与朋友交往的过程中，还是在工作中与上司、同事、客户等进行交流时，都离不开必要的口头表达。很多时候，即使你做得很好，如果说得不够好，那也难以成功。

先动心后动口

林肯在从政之前是一名律师，所以他除了拥有令人敬仰的高尚品德，还具有机敏善辩的口才。不过林肯从来不以与人争辩为能事，而总是能够以理服人、以情感人，这正是他的过人之处。

一次，作为参议员的林肯在不得已的情况下出席了在某城市举办的报纸编辑大会。大会主持人表示要让林肯在会上发言，于是林肯就用一种十分巧妙的方式表明了自己不合适出席这次会议的观点，他说：**"有一次，我在森林中遇到一位骑马的妇女。我站住让路，**

可她也停了下来，目不转睛【专家解疑：不转眼珠地（看），形容注意力集中。**】地盯着我的面孔看，她说：‘我现在才相信，你是我见过的最丑的人了。’我说：‘你大概讲对了，但是我又有什么办法呢？’她说：‘当然你一生下来就这副丑相，是没有办法改变的，但你还是可以待在家里不要出来嘛！’”【名师点拨：**林肯在演讲中，直接引用那位骑马妇女的言语，活跃了演讲的气氛，也表达出了自己的意思。**】**

林肯巧妙地用一个故事幽默地表达了自己的谦逊，同时也表明了自己的观点，而且还没有令邀请方感到尴尬。如果没有过人的机智，是不会达到这种效果的。

［智慧感言］

所谓的口才并非仅指一副伶牙俐齿。真正的能言善辩离不开机敏的才智和灵活的应变。如果空有一副伶牙俐齿而缺乏头脑，纵然说话时滔滔不绝也不能达到良好的效果，反而会使聆听者感到聒噪和厌烦。所以在说话之前，最好先动心、动脑，再动口。

勤奋与思考

有个年轻的伐木工人，在一家木材厂找到了工作，工作条件不错，报酬也不低。**老板给他一把利斧，并给他划定了伐木范围。他很珍惜，下决心要好好干。【名师点拨：**伐木工人的决心与后文他的努力形成呼应。**】**

第一天，他砍了 18 棵树。老板高兴地说：“不错，就这么干！”这个工人很受鼓舞。

第二天，他干得更加起劲，但是只砍了 15 棵树。

第三天，他加倍努力，可是仅砍了 10 棵树。

这个工人觉得很惭愧，跑到老板那儿道歉，说自己不知道怎么了，好像力气越来越小了。

老板问他：“你上一次磨斧子是什么时候？”

“磨斧子？”年轻人悔悟地说：“**我天天忙着砍树，竟忘记了抽出时间磨斧子！**【智慧引路：《论语·魏灵公》有云：工欲善其事，必先利其器。没有将准备工作做好，做起事来只会“事倍功半”。】”

有一天深夜，著名的现代原子物理学的奠基者卢瑟福教授走进自己的实验室，看见了一个研究生仍勤奋地在实验台前忙碌着。

卢瑟福关心地问道：“这么晚了，你在做什么？”研究生回答：“我在工作。”

“那你白天做什么了？”

“也在工作。”

“那么，你一整天都在工作吗？”

“是的，导师。”研究生带着**谦恭**【专家解疑：谦虚而有礼貌。】的表情说道，似乎还期待着卢瑟福的赞许。

卢瑟福稍稍想了一下，然后说：“你很勤奋，整天都在工作，这自然是很难得的，可我不能不问你，你用什么时间来思考呢？”

卢瑟福对勤奋的质疑，使研究生明白了要用足够的时间来思考的重要性。

有位记者曾问比尔·盖茨：“你成为当今的全球**首富**【专家解疑：指某个地区最富有的人或人家。】，个人资产高达数百亿美元，成功的主要经验是什么？”

比尔·盖茨十分明确地回答说：“一是勤奋工作，二是刻苦思考。”

[智慧感言]

刻苦思考可以避免勤奋工作的盲目性，勤奋工作离不开刻苦思考。刻苦思考是勤奋工作的眼睛，就像理论是实践的眼睛一样。

笑对生活

“二战”期间，伊丽莎白·康黎女士在庆祝盟军北非获胜的那一天，收到了国防部的电报：她的独生子在战场上牺牲了。她无法接受这个突如其来的严酷事实，痛不欲生，决定放弃工作，远离家乡，然后默默地了此余生。

当她清理行装的时候，忽然发现了一封几年前儿子在到达前线后写的信：“请妈妈放心，我永远不会忘记你对我的教导，不论在哪里，也不论遇到什么灾难，都要勇敢地面对生活，像真正的男子汉那样，能够用微笑承受一切不幸和痛苦。我永远以你为榜样，永远记着你的微笑。”她热泪盈眶，似乎看到儿子那双炽热的眼睛望着她，关切地问：“亲爱的妈妈，你为什么不照你教导我的那样去做呢？”

伊丽莎白·康黎打消了背井离乡的念头，坚强地活了下来。

[智慧感言]

当我们遇到了不可能改变的现实时，我们要勇敢地面对，用微笑把痛苦埋葬。有时候，生比死需要更大的勇气与魄力。

好词好句

热泪盈眶

炽热

* 她无法接受这个突如其来的严酷事实，痛不欲生，决定放弃工作，远离家乡，然后默默地了此余生。
* 不论在哪里，也不论遇到什么灾难，都要勇敢地面对生活。
* 亲爱的妈妈，你为什么不照你教导我的那样去做呢？

贪嘴的大雁

一群大雁准备飞到樱桃园里偷吃樱桃。

临飞前，领头的大雁说："大家一定要记住，樱桃虽然好吃，但我们不能太贪，因为在樱桃园里待久了，就会被守园人发现，那时我们就有性命之忧了。"

一只叫娜娜的大雁在底下轻声嘀咕道："这么啰唆，谁不知道这个道理，讨厌！"【名师点拨：作者在这里单独点出那只叫"娜娜"的大雁，为后文它不听首领劝告、酿成人生悲剧做铺垫。】

樱桃园里，一颗颗红红的樱桃挂在枝头，趁看守园人打盹的时候，领头的大雁带领大家偷偷地溜进了园里，一个个**贪婪**【专家解疑：①贪得无厌（含贬义）。②渴求而不知满足。】地偷吃起樱桃来。

吃了一会儿，领头的大雁轻拍了一下翅膀，示意大家该走了，于是，大雁们恋恋不舍地飞出了樱桃园。

只有那只叫娜娜的大雁还在埋头大吃，因为樱桃实在是太好吃了，以至于它见其他伙伴们都已飞走，还是决定留在园里，想吃个痛快后再走。

守园人醒来后，发现了正在偷吃樱桃的大雁娜娜，就用捕鸟网逮住了它。

大雁娜娜在临死前感叹道："我真蠢啊，为了一点儿口福，竟然把性命都搭上了。"【智慧引路：人为财死，鸟为食亡。只有对不属于自己的东西不存非分之想，才能避免因小失大。】

［智慧感言］

贪欲的最终结果是葬送自己。为蝇头小利铤而走险，最终葬送了生命的大有人在。因此，要活得长久快乐，最好戒除自己的私心与贪婪。

覆水难收

同所有受长辈**宠爱**【专家解疑：（上对下）喜爱；娇纵偏爱。】的孩子一样，一个男孩子从小就要风得风，要雨得雨。即使是这样，他依然觉得每天生活得不开心，**所以时不时向家里人发脾气，偶尔有一点儿不满足就大肆摔毁家中的物品。**【智慧引路：在绝大多数时候，一个人的脾气与能力是成反比的。小男孩儿自己没有能力解决“一点儿不满足”，于是就迁怒于人，这种做法是错误的。】好在家里有父母照顾，上学的学校离家又不远，而且学校里的事情处理上也要容易得多，因此，这孩子虽然脾气不好，但是十几年来走得还算顺利。眼看着孩子就要到了独自走入社会的年龄了，父亲决定让他在走入社会之前改掉坏脾气，并且掌握与人交往的技巧。

这一天，这个男孩子因为在学校里和同学吵嘴，回到家里仍然怒气未消，在饭桌上甚至辱骂来家里做客的小表弟，小表弟哭闹着离开了他家，甚至发誓“我再也不会理你，再也不会来你家玩儿”。【智慧引路：辱骂别人（尤其是未成年人），极容易给他的心理蒙上永难去除的阴影，严重的还会影响孩子一生的发展，所以每个父母在教育自己的孩子时应该注意这个问题。】

等小表弟走后，男孩儿的父亲觉得必须从现在开始就教育他与人交往应该注意的问题。当父亲走进男孩儿房间的时候，他正在用力踢那只平时他最喜欢的小宠物狗。那只被踢中的小狗呜呜地叫着，并且可怜巴巴地用无辜的眼神盯着自己的主人。男孩儿可能是感到有些后悔，于是抱起小狗给它揉了揉刚才踢中的地方。父亲没有指责他刚才对小表弟的辱骂和对小狗的踢打，而是将一袋钉子递给了男孩儿，并且告诉他，以后他每次忍不住要发脾气的时候就在后院的木桩上钉一根钉子。

男孩儿接受了父亲的建议。

第一天，这个男孩儿钉下了 41 颗钉子。

第二天，这个男孩儿钉下了 35 颗钉子。

慢慢地，男孩儿钉在木桩上的钉子数量每天都在减少。最初，这个男孩儿觉得在自己忍不住发脾气时克制自己来到后院真是一件十分难办的事情。到了后来，他突然发现控制自己的脾气要比钉下那些钉子来得容易些。

当男孩儿把自己的这一发现告诉父亲时，父亲高兴地点了点头，告诉他一定要坚持下去，直到不用再在后院的木桩上钉钉子为止。

过了一段时间，无论是家里人还是学校的老师和同学都感到这个男孩儿有了明显的变化，父亲对儿子的这些变化心知肚明。终于有一天，父亲在花园里等到了儿子带来的好消息——他已经连续多日没有在后院的木桩上钉钉子了，他再也不会失去耐性乱发脾气了。父亲为儿子感到高兴，不过他知道儿子需要做到的远不止这些。他又告诉儿子，从现在开始每当他能控制自己脾气的时候，就拔出一颗钉子。

后院木桩上的钉子一天天地减少。【智慧引路：当把克制脾气当成一种习惯之后，久而久之就会有一副温和的脾气。】终于有一天，父亲看到曾经密密麻麻满是钉子的木桩上已经没有一颗钉子了。看到儿子欣喜的面容，父亲指着木桩问儿子：“你看木桩上还有什么？”儿子回答：“什么也没有了，我早就把钉子全部拔光了。”父亲又说：“你再仔细看看。”儿子仔细看了看木桩，然后对父亲说：“我知道了，是拔去钉子以后留下的洞，这有什么可稀奇的。”

好词好句

克制

* 到了后来，他突然发现控制自己的脾气要比钉下那些钉子来得容易些。

父亲接着说："这些洞不是在你拔去钉子时留下的，而是在你钉下钉子的时候造成的。由于钉子的作用，这些木桩将永远不能回到从前的样子。你生气的时候说的话将像这些钉子一样在人们的心里留下疤痕。如果你拿刀子捅别人一刀，不管你说了多少次对不起，那个伤口都会永远存在。**话语的伤痛就像真实的伤痛一样令人无法承受。**"

［**智慧感言**］

伤害人的话就像泼出去的水，一旦说出就永远无法收回。"与子善言，暖于布帛；伤人以言，深于矛戟。"（选自《荀子·荣辱篇》）人与人之间的感情在很大程度上是用言语来维系的，一次不加控制的恶言恶语给他人内心造成的伤痛，很可能会延续一生。所以，人们时时都应当控制自己的言行，尤其是在情绪激动之时。

只乘一条船

水儿大学毕业后，父母很为她的工作**着急**【**专家解疑**：急躁不安。】。水儿倒不愁，她清楚自身的优势：年轻、漂亮、健康、有学历……在家闲玩儿了两个月后，在姐姐的鼓动下，喜欢尝试新鲜事物的水儿在一家商店租了个柜台，做起了服装买卖。以水儿的聪慧，她每天的纯利润就超过了500元。可钱多了，水儿的心里仍有一丝**失落**【**专家解疑**：①遗失；丢失。②精神上空虚或失去寄托。】。在一家外企做白领的同学宇来找水儿，说他的公司正缺一名业务主管，

哲理名言

话语的伤痛就像真实的伤痛一样令人无法承受。

正适合水儿的专业。水儿心动了，那正是她心中渴望的工作，可水儿又舍不得她每天的高收入，她决定一边雇人照顾柜台，继续做生意赚钱，一边去外企工作，追逐梦想。

水儿开始忙碌奔波在生意和工作之间，**常常因为生意而影响了工作，或者因为工作而丧失了生意的良机。**【智慧引路：鱼与熊掌不可兼得，一个人的精力有限，在工作时应根据自己的能力量力而行，不可一味贪多。】不到半年，水儿瘦了一圈，而生意不但不再赚钱，反而赔了不少。就在她满头愁绪的时候，因为一单生意的失误，给公司造成了巨大损失的她被公司**解雇**【专家解疑：停止雇佣。】了。

［**智慧感言**］

再健壮的人也难以同时攀登两座山峰，再迅捷的双脚都难以同时奔跑在两条路上。一个人的精力有限，难以同时做很多事情，学会放弃，是以更充沛的精力把握选择。

学会经营你自己

一个老木匠就要退休了，他告诉老板他要离开建筑业，然后和家人享受一下轻松自在的生活。

老板实在舍不得这么好的木匠离去，所以希望他能在离开前再盖一栋按自己风格设计的房子。【名师点拨：老板为什么要让木匠离去前再盖一栋房子呢，而且是按自己的风格进行设计？这就推动了故事的发展，为下文留下悬念。】

木匠答应了，不过这一次他并没有很用心地盖。【智慧引路：只要仍然在职，就应该站好最后一班岗。敷衍了事地消磨时间，只会误人误己。】他草草地用了劣质的技术和材料，就把这间屋子盖好了。其实，用这种方式来结束他的事业生涯，实在是有点儿不妥。

房子盖好了，老板来检视了一下房子，然后把大门的钥匙交给这个木匠说："感谢你跟随我这么多年，这间按你自己风格设计的房子是我送给你的礼物！"

[智慧感言]

如果木匠知道这间房子是他自己的，他一定会用最好的木材，用最精致的技术来把它盖好。不过，现在他却因为自己对别人的不负责任，要住在一个连自己都不满意的房子里了。看来，每个人都要学着经营自己。

保持本色

有一个农夫在田地里捡到一枚稀有的金币，因为年代久远，金币的外表看起来有些肮脏。邻人听说后纷纷跑来观看并争相购买农夫的那块金币，农夫表面不置可否，内心却在盘算着怎样才能让他们出价更高。

回到家里，农夫找来沙子和打磨金币用的工具，他想，如果将金币外表的污物去掉，这样肯定能卖个好价钱。随着污物脱落的还有一些极细小的金子的碎片。

终于，金币发出了耀眼的光芒。一位长者看后，把金币放在掌心托了托，然后轻轻摇了摇头，说，重量减轻了，价值也就随之降低了。【智慧引路：农夫自以为是，擦掉了金币的本质特色，让它失去了应有的价值，委实可悲可叹。】

［智慧感言］

许多时候保持自我本色要比故意做作更能让人信赖，而这种信赖正是我们走向成功的基石。

舌头

著名的寓言作家伊索，年轻时曾经当过奴隶。有一天，他的主人要他准备最好的酒菜，来款待一些赫赫有名的哲学家。当菜端上来时，主人发现满桌子摆的都是各种动物的舌头，简直就是一桌舌头宴。全桌客人议论纷纷，**气急败坏**【专家解疑：上气不接下气，狼狈不堪，形容十分慌张或恼怒。】的主人将伊索叫了过来问道："我不是叫你准备一桌最好的酒菜吗？"只见伊索谦恭有礼地回答："在座的贵客都是知识渊博的哲学家，需要靠着舌头来讲述他们高深的学问。对于他们来说，我实在想不出还有什么比舌头更好的东西了。"

哲学家们听了他的**陈述**【专家解疑：有条有理地说出。】，都觉得有理，便饶有兴趣地吃开了舌头宴。

第二天，主人又要伊索准备一桌最不好的菜，招待别的客人。宴会开始后，没想到端上来的还是各式各样的舌头。主人不禁火冒三丈，气冲冲地跑进厨房质问伊索："昨天说舌头是最好的菜，怎么这会儿又变成最不好的菜了？"

伊索镇静地回答："**祸从口出，舌头会为我们带来不幸，所以它也是最不好的东西。**"这句无可辩驳的话，让主人哑口无言。

哲理名言

祸从口出，舌头会为我们带来不幸，所以它也是最不好的东西。

[智慧感言]

在不同的时间，不同的地点，对不同的对象，最好的可以变成最坏的，最坏的亦可变成最好的。除了不停的变化是绝对的之外，没有任何事情是绝对的。

贫穷并不可怕

在一个寒冷的冬天，两个穷困的年轻人穿着单衣在寒风中瑟瑟发抖。

有人问他们："这么冷的天，为什么只穿单衣？"

其中一个回答："**因为不穿单衣会更冷。**【智慧引路：这是一种很睿智的回答，不仅巧妙地回避了对方的问题，还让人感觉到幽默。】"而另一个却以家贫为耻，当别人问他同样的问题时，就忙回答："我从小得了一种热病，不能穿厚的衣服。"

后者的一个朋友听见了，知道他在说谎话。一次邀请他做客，留他到天晚，问他为何在冬天穿夹衣。他还是说有热病，朋友就说：**"那今晚你在凉亭内休息吧！"那人冻得受不了，就骑着主人的马逃走了。**【智慧引路：贫穷并不可耻，"打肿脸充胖子"最终害的只能是自己。】

第二天朋友碰到了他，问："为什么昨夜留宿，不辞而别？"

那人说："唉，我怕日出天太热，所以趁着早晨凉快就走了。"

[智慧感言]

同是穷人，却是不同的态度。一为幽默的解嘲，一为虚荣的掩饰，两贫士高下自见。贫穷并不可怕，可怕的是没有勇气来正视贫穷。俗气并不可怕，可怕的是甘于俗气，没有勇气来正视俗气。

盐和棉花

可怜的驴子背着几袋**沉甸甸**【专家解疑：（口语中也读 chén diān diān）状态词。形容沉重。】的盐，累得呼呼直喘气。突然，眼前出现了一条小河，驴子走到河边冲了冲脸，喝了两口水，这才觉得有了力气。它准备过河了，河水清澈见底，河床上形状各异的鹅卵石光光的，看得清清楚楚。驴子只顾欣赏美景，一不留神蹄子一滑，摔倒在小河里，好在河水不深，驴子赶紧站了起来。奇怪！它觉得背上的分量轻了不少，走起来再也不感到吃力了。

驴子很高兴：“**看来，我得记住，在河里摔一跤，背上的东西便会轻许多！**【智慧引路：遇到问题应该多思考几个为什么，盲目地下结论会很片面，最终甚至还会误人误己。】”

不久，又运东西了，这次驴子驮的是棉花。前边又是那条小河了，驴子想起了上次那件开心的事，心里真是高兴：“背上的几袋东西虽说不重，可再轻一些不是更好吗？”于是，他喝了几口水，向河里走去。到了河心，它故意一滑，又摔倒在小河里。这次驴子可不着急，它故意慢腾腾地站了起来。哎呀，太可怕了，背上的棉花变得好沉呀！比那可怕的盐袋还沉几倍。

[智慧感言]

没有一成不变的事物，也没有放之四海而皆准的真理，必须用变化的眼光去看事物。抱着旧观念、旧框框去看待新情况，必然是行不通的。

青蛙实验

美国康奈尔大学做过一次有名的实验。经过精心策划安排，他们把一只青蛙冷不防丢进煮沸的油锅里，这只反应灵敏的青蛙在千钧一发的生死关头，用尽全力跃出了那势必使它葬身的滚滚油锅，跳到地面安然逃生。

隔了半小时，他们使用一个同样大小的铁锅，这一回在锅里放满冷水，然后把那只死里逃生的青蛙放在锅里。

这只青蛙在水里不时地来回游动。接着，实验人员偷偷地在锅底下用炭火慢慢加热。

青蛙不知究竟，仍然在微温的水中享受“温暖”，等它开始意识到锅中的水温已经使它熬受不住，必须奋力跳出才能活命时，一切为时已晚。它全身**瘫痪**【**专家解疑**：由于神经功能发生障碍，身体的一部分完全或不完全地丧失运动的能力。可分为面瘫、单瘫（一个上肢或下肢瘫痪）、偏瘫、截瘫、四肢瘫等。也叫风瘫。】，呆呆地躺在水里，终致葬身在铁锅里面。

这个实验揭示了一个十分残酷的事实——突如其来的外在刺激或强敌往往能使人奋起面对，发挥出意想不到的潜力。而慢慢地腐蚀却往往使人防不胜防，一蹶不振。

［智慧感言］

面对突如其来的灾难，我们常常能够化险为夷、再现生机与活力。在安逸与享乐的环境中，我们却在不经意间遭遇危险的浸透而无所作为、一败涂地。

快乐的猩猩

动物王国的成员在不断发展壮大，很快地，它们现有的家园已无法供它们生养栖息了。为此，狮王颁布**法令**【专家解疑：政府机关所颁布的命令、指示、决定等的总称。】，准备组织一支探险队，去没有同类足迹、没有人类生存的地方寻找新的生存环境。

骆驼被任命为探险队队长，探险队其他成员包括猩猩、长颈鹿、大象、狐狸。大伙儿收拾一番后，便踏上了寻找新家园的探险征途。

一路上，队员们在骆驼队长的带领下，蹚河流，过草地，翻大山，穿沙漠，历尽千辛万苦，还是没有找到理想的家园。有的队员已心灰意冷，有的队员不停地抱怨，路有多难走，食物有多难吃……只有猩猩一路上始终显得很愉快。

有一天清晨，猩猩起床去河边洗脸，当它回到营地时，其他队员才刚刚起床。

"早上好，伙计们。"猩猩愉快地向其他队员打着招呼。可是，它们一个个都没有反应。

"嘿，伙计们，今天的天气多好啊！"猩猩再一次向同伴们打招呼，并轻轻地哼起歌来。猩猩的举动让其他队员很是不解。

"喂，你好像很得意的样子，捡到什么宝贝了吗？"狐狸带着讽刺的口吻问猩猩。

"是的，你说得没错。"猩猩说，"正如你所说的，我是很得意，

好词好句

征途

心灰意冷

＊一路上，队员们在骆驼队长的带领下，蹚河流，过草地，翻大山，穿沙漠，历尽千辛万苦，还是没有找到理想的家园。

我真的觉得很愉快。**不过，我只是把使自己觉得幸福当成一种习惯罢了。**【智慧引路：把幸福当成一种习惯，就会让幸福与你如影随形，无论干什么事，它始终都会与你相伴在一起。】”

［智慧感言］

如果我们养成一种幸福的习惯，我们的生活将是一连串的欢乐。那么，让我们从现在开始培养自己愉快的感觉，并逐渐养成幸福的习惯吧。

偷大米的猴子

在阿尔及尔地区有一种猴子，非常喜欢偷食农民的大米。**当地的农民根据猴子的特性，发明了一种捕捉猴子的巧妙方法。**【智慧引路：只有知己知彼，才能百战不殆，阿尔及尔地区的农民正是经过长期摸索，才总结出了规律，并将其用在实际生活之中。】

农民们把一只葫芦形的细颈瓶子固定好，系在大树上，再在瓶子中放入猴子们最爱吃的大米，然后就静候**佳音**【专家解疑：好消息。】了。

到了晚上，猴子来到树下，见到瓶中的大米十分高兴，就把爪子伸进瓶子里去抓大米。这瓶子的妙处就在于猴子的爪子刚刚能够伸进去，等它抓一把大米时，爪子却怎么也拉不出来了。

贪婪的猴子绝不可能放下已到手的大米，就这样，它的爪子一直抽不出来，它就死死地守在瓶子旁边。

直到第二天早晨，农民把它抓住的时候，它依然不会放开爪子，直到把那把米放入嘴中。

［智慧感言］

贪婪是厄运的源头。贪欲的膨胀，使简单变得复杂，轻松变得沉重，快乐最终被湮没了。

你还有冲击挡板的激情吗

心理学家将一只饥饿的鳄鱼和一些小鱼放在水族箱的两端，中间用透明的玻璃板挡开。

刚开始，鳄鱼毫不犹豫地向小鱼发动攻击，它失败了，但它毫不气馁；接着，它又向小鱼发动第二次更猛烈的攻击，它又失败了，并且受了重伤；它还要攻击，第三次，第四次……多次攻击无望后，它不再攻击了。

这个时候，心理学家将挡板拿开，鳄鱼已经不再攻击小鱼了。它依然无望地看着那些小鱼在眼皮底下悠闲地游来游去，它放弃了一切的努力。

［智慧感言］

像这条鳄鱼一样，我们很多人在多次的挫折、打击和失败之后，就逐渐失去了战斗力，只剩下黯淡的眼神以及悲伤的叹息、无奈、无助和无力。

好词好句

毫不犹豫

攻击

放弃

* 它依然无望地看着那些小鱼在眼皮底下悠闲地游来游去。

名家品评

遇到任何事情都应该用一种理性思维去思考问题，只有学会权衡利弊，适当取舍才能创造出较大的成就。本章中的水儿一边照顾着柜台生意，一边在外企工作，结果两项工作都没有做好，最后还被老板解雇了；青蛙实验则说明了对于不适合自己生存的环境应该赶紧离开，以免越陷越深，最终导致毁灭的道理。其实一个人的生命过程中成功与否最重要的就是认知自己，知道自己可以做什么，也知道自己必须得放弃什么，只有这样才能明确目标，勇往直前。

阅读思考

1. 身材矮小的士兵卡尔是如何赢得比赛的?
2. 寻找新家园的猩猩是怎样在艰苦的环境中寻找到快乐的?
3. 鳄鱼冲击挡板的测试给你带来怎样的人生启迪?

第五章

成功篇

每个人的潜力都是无限的，有什么样的心态，就有什么样的人生。在本章中，为什么说穷人最缺的是野心？“电话之父”贝尔为什么能够从别人的失败中找到自己的成功之路？《目标等于成功》一文说的又是怎样的人生道理？坦克防护装甲专家乔治·巴顿中校为什么要找一个专门破坏自己研究成果的“天敌”做搭档？

这也会过去

1954年，巴西的男女老少几乎一致认为，巴西足球队定能荣获世界杯赛的冠军。**然而，天有不测风云，足球的魅力就在于难以预测。**【名师点拨：“天有不测风云，人有旦夕祸福”，这句名言出自五代时期吕蒙正的《破窑赋》，作者在此处引用这句名言，意思是说有些灾祸的发生，事先是无法预料的。】在半决赛时，巴西队意外地输给了法国队，结果没能将那个金灿灿的奖杯带回巴西。

球员们比任何人都明白，足球是巴西的国魂。他们懊悔至极，感到无脸见家乡父老。他们知道，球迷们的辱骂、嘲笑和扔汽水瓶子是难以避免的。

当飞机进入巴西领空之后，球员们更加心神不安，**如坐针毡**【专家解疑：像坐在有针的毡子上一样，形容心神不宁。】。可是，当飞机降落在首都机场的时候，映入他们眼帘的却是另一种景象：巴西总统和两万多名球迷默默地站在机场，人群中有两条横幅格外醒目：

“失败了也要昂首挺胸！”

“这也会过去！”

球员们顿时泪流满面。总统和球迷们都没有讲话，默默地目送球员们离开了机场。

球员们对“失败了也要昂首挺胸”的理解是比较透彻的，可相比之下，对“这也会过去”的理解却不够透彻……

4 年后，巴西足球队不负众望赢得了世界杯冠军。

回国时，巴西足球队的专机一进入国境，16 架喷气式战斗机为之护航。当飞机降落在道加勒机场时，聚集在机场上的欢迎者多达 3 万人。在从机场到首都广场将近 20 公里的道路两旁，自动聚集起来的人群超过了 100 万。这是多么宏大和激动人心的场面！

人群中也有两条横幅格外醒目：

“胜利了更要勇往直前！”

“这也会过去！”

球员们对“胜利了更要勇往直前”很容易理解，对“这也会过去”的理解依然模模糊糊……

后来，巴西足球队的队长断断续续向一些人请教，应该怎样理

哲理名言

失败了也要昂首挺胸！

胜利了更要勇往直前！

好词好句

不负众望

* 球员们对“胜利了更要勇往直前”很容易理解，对“这也会过去”的理解依然模模糊糊……

解“这也会过去”的含义。

真是无巧不成书。队长请教的一位老者微笑着说“这也会过去”的横幅就是他写的。他给队长讲了下面的故事：

据说，伟大的所罗门王有一天晚上做了一个梦。

一位智者在梦里告诉他一句至理名言。这句至理名言涵盖了人类的所有智慧，能使他得意的时候不会趾高气扬、忘乎所以；失意的时候能够百折不挠、奋发图强。始终保持勤勤恳恳、兢兢业业的状态。

但是，醒来之后却怎么也想不起来那句至理名言。于是，所罗门王找来了最有智慧的几位老臣，向他们讲了那个梦，要求他们把那句至理名言想出来，并拿出一枚大钻戒说：“如果想出来那句至理名言，就把它刻在戒面上。我要把这枚戒指天天戴在手指上。”

一个星期过后，几位老臣兴奋地前来送还钻戒，戒面上已刻上了一句勉励人**胜不骄，败不馁**的至理名言：

“这也会过去！”

［智慧感言］

失败并不可怕，只要我们怀着一颗不服输的心，勇往直前，那么胜利将不会离我们太远。

好词好句

勤勤恳恳

兢兢业业

* 这句至理名言涵盖了人类的所有智慧，能使他得意的时候不会趾高气扬、忘乎所以；失意的时候能够百折不挠、奋发图强。

哲理名言

胜不骄，败不馁。

摆脱世俗，争做强者

威严凶猛的狮子长期以来一直都是动物界的万兽之王，它几乎就是勇敢和力量的象征。森林中的动物们都对狮子又敬又怕，不过一向对狮王地位**虎视眈眈**【专家解疑：形容贪婪而凶狠地注视。】的老虎却视狮王为一大劲敌。

应该怎样打败狮王呢？老虎几乎每天都在思考这个问题，明目张胆地挑衅虽然来得最直接，但是却没有打赢的把握；即使最后能够勉强胜利，恐怕自己也要身受重伤，这只能让其他动物渔翁得利。

在兔子的建议下，老虎想了一个妙招：它趁狮子呼呼大睡时，将一张人类丢下的标签粘在了狮子的前腿上，标签上写着一个大大的"驴"字，而且还有具体的编号、日期和公章。

狮子醒来之后发现了标签，愤怒的咆哮声响彻整个草原，它想摘掉这个标签，可是在抬起前腿的那一刻却犹豫了，"这个标签看来大有来头，似乎来自于权威机构，如果就这样摘掉，会不会惹祸上身？"**于是它决定去找权威机构验证自己是一头雄狮而不是一头蠢驴。**【智慧引路：知人者智，自知者明。文中的狮子连自己究竟是谁都不知道，不但可笑，而且可悲，这也为后文中它被老虎打败，变得不伦不类的悲剧埋下了伏笔。】

可是它在草原上跑了一大圈，还是没有找到所谓的权威机构。草原上历来都遵从**胜者为王，败者为寇**的竞争法则。长期以来大家都对狮子唯命是从，如今狮子要让大家来证明自己的身份，动物们都感到不可思议。

哲理名言

胜者为王，败者为寇。

不过看到狮王突然之间已经没有了往日的威风，动物们都有些幸灾乐祸，而且也对它不再那么害怕了。

当狮子问狼自己是不是狮子时，狼回答："你当然是狮子，大王。可是按照标签的证明你却成了一头驴子。"听到狼的回答，狮子大怒，他决定去问老实的袋鼠，可没想到袋鼠的回答也是支支吾吾。于是它直接向驴求证，驴子虽然说狮子与自己有很多不同特征，可是最后却嘟囔着说："也许你是另外一种驴子。"

狮子又分别找到狐狸、兔子还有猴子，它们虽然都表示狮子仍然具有雄狮的特征，但是谁也不能断定它是不是一头驴子。就这样，狮子前腿上的标签一直没有被摘掉，**它也因此不再像以前一样追逐猎物，而是像驴子一样看到凶猛的动物撒腿就跑。**【智慧引路：因为别人无知或别有用心的议论而放弃自己的特长，妄自菲薄，是一种愚昧无知的做法，只会让自己越来越退步。】当然，它也忘不了继续向动物们求证自己的真实身份。

一天又一天过去了，现在动物们更不能证明狮子的身份了。其实连狮子自己也渐渐地不敢相信自己就是一头威猛的雄狮。终于有一天，动物们看到狮子加入了驴群，它开始有滋有味地吃着河边的嫩草，而老虎则不费吹灰之力就成为这里的新首领。

[智慧感言]

从你出生到死亡，种种经历总是变化莫测。无论世事如何变化，重要的是你一直相信自己。强者为自己的目标活着，弱者为别人的议论活着。

关于大海的对话

一个从未看见过海的人来到海边。那儿正笼罩着雾，天气又冷。“啊！”他想，“我不喜欢海，幸好我不是水手，当一个水手太危险了。”

在海岸边，他遇见一个水手，他们交谈起来。

“你怎么会爱海呢？那儿**弥漫**【专家解疑：（烟尘、雾气、水等）充满；布满。】着雾，又冷。”

“海不是经常都冷、有雾的。有时，海是明亮而美丽的。但不论何种天气，我都爱海。”水手说。

“当一个水手热爱他的工作时，他不会想什么危险，我们家庭的每个人都爱海。”水手说。

“你父亲现在何处呢？”看海的人问。

“他死在海里。”

“你的祖父呢？”

“死在大西洋里。”

“你的哥哥——”

“他在印度一条河里游泳时，被一条鳄鱼吞食了。”【名师点拨：简短的对答，加强了语句的气势，使文章结构分明，充满了艺术感。】

“既然如此，”看海的人说，“**如果我是你，我就永远也不到海里去。**【智慧引路：懦弱的人在工作时看到的只是工作中的困难，只有坚强、积极的人才会从工作中去寻找乐趣。】”

“你愿意告诉我你父亲死在哪里吗？”

“啊，他在床上断的气。”看海的人说。

“你的祖父呢？”

“也是死在床上。”

“这样说来，如果我是你，”水手说，“我就永远也不到床上去。”

［智慧感言］

当一个人热爱他的工作时，他就不会想什么危险，生活的幸福和充实也会随之而来。在懦夫的眼里，干什么事情都是危险的；而热爱生活的人，却总是蔑视困难，勇往直前——这就是看海与出海的区别。

姆佩姆巴效应

一杯冷水和一杯热水同时放入冰箱的冷冻室里，哪一杯水先结冰？很多人都会毫不犹豫地回答："当然是冷水先结冰了！"非常遗憾，错了。**发现这一错误的是一个非洲中学生姆佩姆巴。**【智慧引路：生活中充满了各种各样的问题和常识性的错误，我们要善于发现，并积极验证。】

1963年的一天，坦桑尼亚马干巴中学的初三学生姆佩姆巴发现，自己放在电冰箱冷冻室里的热牛奶比其他同学的冷牛奶先结冰。这令他**大惑不解**【专家解疑：极为疑惑，不能理解。】，并立刻跑去请教老师。老师则认为，肯定是姆佩姆巴搞错了。姆佩姆巴只好再做一次试验，结果与上次完全相同。

不久，达累斯萨拉姆大学的物理系主任奥斯玻恩博士来到马干巴中学。姆佩姆巴向奥斯玻恩博士提出了自己的疑问，后来奥斯玻恩博士把姆佩姆巴的发现列为大学二年级物理课外研究课题。随后，许多新闻媒体把这个非洲中学生发现的物理现象，称为"姆佩姆巴效应"。

很多人认为是正确的，并不一定就真正确。像姆佩姆巴碰到的这个似乎是常识性的问题，我们稍不小心，便会像那位老师一样，做出自以为是的错误回答。

［智慧感言］

疑问是打开知识大门的钥匙。错误是正确的先导。提出了正确的问题，往往等于解决了问题的大半。

执着的力量

有这样一个孩子，因为父母双双早逝，自幼就开始了贫病交加、无依无靠的生活，尝尽了人生艰辛。为了养活自己，他不得不到一家印刷厂做童工。虽然环境很苦，但喜爱看书读报的他还是非常珍惜这份工作。

一天，他在一家书店的橱窗前看到一本书，他伫立在书橱前，贪婪地盯着那本书，手不停地摸着口袋里仅有的买晚饭的钱。**为了能够买下自己喜爱的书，他不得不挨饿，从饭钱中积攒。**【智慧引路：只有真正喜欢读书的人才会为了读书而挨冻受饿，也只有肯为读书而吃苦的人才能真正领会书中知识的要义，最终学有所成。】

这天，他在路过书店时，发现书店的书橱里有一本打开的新书，便如饥似渴地读了起来，直到把打开的两页读完才恋恋不舍地走开。第二天，他又身不由己地来到了书橱前，惊奇的是，那本书又往后翻开了两页！他又一气读完了。他是多么想把它买下来啊，可是书

好词好句

贫病交加

无依无靠

恋恋不舍

* 第二天，他又身不由己地来到了书橱前，惊奇的是，那本书又往后翻开了两页！

价太高了，他必须不吃不喝一个月才能够攒够买书的钱。第三天，奇迹又出现了，书页又往后翻开了两页。此后每天书页都会往后翻开两页，他就每天都来读，直到把全书读完。这天，书店里一位慈祥的老人抚摩着他的头发说道：“好孩子，从今天起，你可以随时来这个书店，任意翻阅所有的书籍，不需要付一分钱。”

日月如梭【专家解疑：太阳和月亮像穿梭似的来去，形容时间过得很快。】，这个少年后来成了著名的作家和记者，他就是英国著名晚报的主编——本杰明·法利吉尤。

［智慧感言］

面对梦想道路上的困苦艰难坎坷，执着是最好的利刃，它会帮助一个人劈开艰难，穿越困境，抵达铺满鲜花的梦想。

拔掉心里的杂草

有一天，机遇老人突发奇想，来到一座城市，将一块金砖、一块银砖、一块铜砖依次摆放在人行道上，然后笑眯眯地隐身躲了起来。不久，一个行人走过来，看到摆放整整齐齐的三块砖，心想，一定有诈，于是走了。**又一个西装革履的人走过来，一边走着一边对着手机说着什么，当他无意中踢到那块金砖时，以为是一块绊脚石，看也未看地就走开了。**【名师点拨：有时候，过于专注某件事，不仅会让你错过沿途的风景，甚至还会得不偿失。】第三个行人走过来，对着三块砖傻笑了一阵后就走了。第四个行人戴着一副墨镜，拄着拐杖，看也没看一眼就走开了。第五个行人走到三块砖前面停下了脚步，盯着看，暗自嘀咕，“这年头，就算是一块破铜烂铁都会被人捡走，这三块砖一定是假的，要不就是什么圈套。”想到这儿，也走了……

这五个人当中，一个是聪明人，一个是寸秒寸金的商人，一个是傻子，一个是盲人，一个是**疑神疑鬼**【专家解疑：形容多疑。】、自以为是的人……机遇老人感叹着收走三块砖，飘然而去。

[**智慧感言**]

很多不成功并非没有机会，而是内心充斥着自以为是、猜疑臆断，将机会拦挡在了命运之外。要想在机遇降临的时候及时地捕捉住，不仅需要充实自己掌握机遇的能力，还需要不断地剔除心中的杂草：浮躁、狭隘、自大……留空间给机遇扎根。

身旁的机遇

她是一家机关招待所的服务员。因为是**下岗**【专家解疑：①离开执行守卫、警戒等任务的岗位。②职工因企业破产、裁减人员等原因失去工作岗位。】后的再次就业，她很珍惜这份工作。

一天，一位客人叫住她，让她帮忙到街上买一块香皂。**她不禁有些紧张起来，以为是自己粗心疏忽，忘了给客人的房间配一次性香皂了，便急忙向客人道歉，并表示马上就补上。**【智慧引路：自我检讨和自我反思是人进步的起点。】客人笑着解释，房间里已经有了一次性香皂，不过他讨厌使用小香皂，因为它又小，质量又差，最关键的是，这种一次性的小香皂不好拿，容易掉，使用起来不方便。她心里**踏实**【专家解疑：①（工作或学习的态度）切实；不浮躁。②（情绪）安定；安稳。】下来，去帮客人买回了大香皂。第二天，这位客人走了，当她收拾房间时，看到昨天给客人买的香皂只用了一点点，招待所配送的一次性香皂因为开了包装，也不能再用了。在她将一大一小两块香皂扔进垃圾桶的时候，忽然**灵机**【专家解疑：灵巧的心思。】一动，客人出差图方便，不喜欢带香皂，宾馆酒店提供的香皂又因为太小，难拿难握，质量较次，洗脸时缺少舒适感，不能让客人满意，这不仅有损宾馆酒店的声誉，还造成了不小的浪费。而宾馆酒店是不可能为了满足客人喜好而配备大香皂浪费的。能不能有一个**折中**【**专家解疑**：对几种不同的意见进行调和。】的办法呢？

如果设计一种新型香皂，中间是空心的，外面包一层香皂，不就又实用又不浪费了吗？这种香皂因为是空心制作，可用上等质量的香皂液制作，体积大、好拿握、好擦洗、用量少，在不增加成本的条件下，可以赢得顾客的满意，一定会很受欢迎。

她找到招待所的采购员，询问能不能在市场上买到她所设想的这种香皂。采购员摇着头，说他搞了十几年的采购，还没有见过她说的这种香皂呢。她又到各大商场去打探，仍是都没有。她又开始留意起各大香皂厂家的电视广告，都只是介绍自己香皂如何香，可以杀菌，治什么病，申请了什么专利等，没有一家说怎么方便使用。【**智慧引路**：广做研究，深入调查，谋定而后动，会让人少走很多弯路、岔路。】

在市场越来越细分化的今天，与众不同的关键已经不是产品质量，而是服务。

长时间在服务行业中的经验告诉她，一次性香皂消费市场潜力巨大，一般的宾馆酒店一天就要消耗上百块。一座城市就已经是一个很庞大的市场了。她感觉这是上苍给她的一次机遇，她萌生了强烈地抓住机遇、实现自己人生价值的欲望。

第二天，她找出小孩儿玩耍的塑料球，把香皂削成薄片贴上去，“空心香皂”的雏形出来了。市内一家大香皂厂的经理看过这个雏形，

哲理名言

在市场越来越细分化的今天，与众不同的关键已经不是产品质量，而是服务。

以及了解了她的创意后，**赞不绝口**【**专家解疑**：赞美的话说个不停，形容对人或事物十分赞赏。】，鼓励她去申请专利。几个月后，她拿到了“空心香皂”的专利证书。

专利只代表着创意的价值，任何商品只有产生了市场价值才算得上具备了真正的价值。

在经历了一系列的研究和实验后，她终于将专利转为产品。并很快就将“空心香皂”销售到市内数十家酒店宾馆。她又不失时机地将产品注册为“星空”商标。当年，她就凭借着“空心香皂”让自己成为身家数十万的女老板。

[**智慧感言**]

世上从不缺少机会，只是缺少发现机会的眼睛。把香皂挖空一点儿是商机，但却需要先将心中的抱怨、计较、依赖挖空。挖空了惰性才可能给机遇营造出绽放的空间和环境。

1元店

1990年，他跟随着数百万淘金者来到珠江三角洲，却发现这里早已经人满为患。没有技术、年龄又偏大的他想到工厂打工都找不到肯接收他的单位。口袋里的钱越来越少，他的绝望也在渐渐加重。

这天中午，在一处工厂区转悠的他发现，工人们下班后都端着

哲理名言

专利只代表着创意的价值，任何商品只有产生了市场价值才算得上具备了真正的价值。

饭盒往街上的小吃店里跑。**他灵机一动：怎么不开一个供打工者吃饭的小店呢？**【智慧引路：好的思路是创业的起点，是工作的灵魂。】当天，他就用口袋里剩下的所有钱租了一间民房做厨房，每天中午和晚上担着两桶饭菜，到流浪的人群中去卖，一天下来竟然能赚 30 元钱。很快，他凑足了 7000 元钱资金，在黄埔大道边租了一间 5 平方米的店铺，办了执照，开起了自己的快餐店。当时广州的饭店快餐时价最低是 2 元，而他却一律降到 1 元。**1 元钱吃饭，立刻，他的快餐店食客盈门。**【名师点拨：这句话照应文章的主题，也向读者揭示了在经济时代利益为先的道理。】一个月下来，赚了 2000 元。后来，他又扩大了店面，雇了临时工人，早餐卖粉，中晚餐卖饭，仍旧一律 1 元。最多的时候，一天有 1000 多人到他的店吃饭。

几年下来，大多数和他一样激情满怀去淘金的人**铩羽**【专家解疑：翅膀被摧残，比喻失意或失败。】而归的时候，他的 1 元店却为他赚进了数十万元。

［**智慧感言**］

金矿的山上还有着其他花朵，除了具备发现的眼睛外，还需要有肯流汗的心。成功提示：金子常常就埋在身旁的泥土里，勤奋是最好的点金指。

瞄准自己的目标

老阿爸带着自己的三个儿子去草原打猎。四人来到草原上，这时老阿爸向三个儿子提出了一个问题。

“你们看到了什么呢？”

老大回答说：“我看到了我们手中的猎枪，在草原上奔跑的野兔，

还有一望无际的草原。”

老阿爸摇摇头说：“不对。”

老二回答说：“我看到了阿爸、哥哥、弟弟、猎枪、野兔还有茫茫【专家解疑：形容没有边际，看不清楚。】无际的草原【专家解疑：半干旱地区主要生长草本植物的大片土地，间或杂有耐旱的树木。】。”

老阿爸又摇摇头说：“不对。”

而老三回答说：“我只看到了野兔。”

这时老阿爸才说：“你答对了。”【智慧引路：目标太多就无法静下心来，心不静就无法发挥出最佳的成绩。只有抛开一切杂念，专心于一事，才能获得成功。】

［智慧感言］

一个能顺利捕获猎物的猎人只瞄准自己的目标。我们有时之所以不成功，是因为看到得太多，想得太多，禁不住太多的诱惑，失去了自己的目标和方向。一个人只有专注于你真正想要的东西，你才会得到它。

信用

他年轻的时候，家里非常贫穷。毕业参加工作的他每月只赚36元钱，支付弟弟妹妹的学费都很困难，更谈不上做其他事情了。捉襟见肘【专家解疑：拉一下衣襟就露出胳膊肘儿，形容衣服破烂，也比喻顾此失彼，应付不过来。】的生活让他决定要改变命运。沉思多日，想到邻居潘婶有好几个儿子在香港，他开始向潘婶借钱。第一次，他只借了10元钱，讲好一个星期还。钱借到手中后，他锁到了箱子里，到了约定还钱的日期，取出钱准时归还了。过了一个月，他又向潘婶借了20元钱，又锁进了箱子不用。到了讲定归还的日子，他加了一点儿利息归还了借款。**就这样，一次次借，再一次次还，一年时间过去了，他从来没有动过所借的一分钱。待潘婶一再夸赞他有信用时，**【名师点拨：人与人之间信任的产生、加深，是日积月累慢慢建立起来的，正常情况下，没有人会一开始就对别人完全信任。】他**顺水推舟**【专家解疑：比喻顺应趋势办事。】说出了自己想开个日杂店的想法。潘婶立刻再一次借钱给他。凭借着从潘婶那里得到的8000元资金，他慢慢地将自己的资金变成百万以上。

［智慧感言］

每个人都是赤手空拳来到这个世界的，有的人成功，有的人失败，都有着各自的原因。条件不会摆放在每个人面前，学会没有条件的时候自己去创造条件，才有可能走近成功。

等待成功

1927年6月，美国有一个穷困潦倒的年轻人带着他的新婚妻子来到旧金山谋生，他们在这里开了一家冷饮店。事实上，这个店只是在一家面包店隔开了一角而已，根本不能算是店，只不过是个冷饮摊，而且只卖汽水。

后来因为全球经济衰退，没多久，他们的冷饮店被迫关门。**但**

他们并没有就此放弃而离开这里，随即他们把冷饮摊摆在了附近一个十字路口【智慧引路：任何事情都有两面性，即便是厄运也不例外，关键看你怎么看。面对困难时应保持沉着冷静的心态，从中发现转变命运的机遇，锲而舍之，只会为山九仞，功亏一篑。】，不久年轻人发现这里来来往往的人很多，不管将来是做什么生意，都是很理想的位置。所以尽管关门歇业了，他还是照样付房租。

有一天当他收摊回来的时候，看到隔壁面包店的生意好过往常，受此启发，他与爱妻商量决定开一家快餐店。他推出的热食品，有辣椒红豆、墨西哥薄饼、夹烤肉三明治等，再加上年轻人用心写成的广告标语一渲染，更显得**奇妙**【专家解疑：稀奇巧妙（多形容令人感兴趣的新奇事物）。】无比，这正迎合了人们好新奇的心理。

此外，他还以强调“热”来表现特色。他煮了一大锅玉米汤，不时地掀锅盖，热气从锅里涌出来，缭绕在店面上空，给人一种热气腾腾的感觉。尤其在冬天，这一招特别吸引人。

同时，这种小店，炉灶跟店面连在一起，他把炉灶做成白色的，妻子则穿着时髦的衣服，围了条白色围裙，站在炉边烤肉。

在夫妇两人齐心合力的经营下，小吃店的生意有了很大起色。年轻人一看发展的时机来临，立即着手准备扩展的计划，他让妻子亲自主持训练厨师，他自己则一有空闲就到外面去勘察地点，以备将来增设分店。

这时候的美国经济仍在阴霾的笼罩之下，豪华的餐厅，一家接一家地倒闭，而大众化的小吃店，却成为饮食业的一枝独秀。再加上年轻人经营的小吃店别具特色，生意就更加兴隆了，到了 1932 年，年轻人所**经营**【专家解疑：①筹划、组织并管理。②指商业、服务业出售某类商品或提供某方面的服务。】的小吃店已增加到 7 家。

经过近 30 年的奋斗，年轻人拥有了大小餐馆近千家，员工 3 万多人，年营业额在 4 亿美元左右的大企业，创造这一奇迹的就是离世界500强企业只有一步之遥的梅瑞特公司的创办人约翰·梅瑞特。

[**智慧感言**]

很多人总是埋怨没有成功的机会，其实是因为他们没有发现机会的眼光。机会总是存在的，只要你善于捕捉，它往往就在你周围，在成功的道路上，如果你没有耐心去等待成功的到来，那么，你只好用一生的耐心去面对失败。

为今天的牛奶努力

一次老同学聚会上，谁也没想到阿昆是混得最好的人，但更令人没想到的是，从毕业至今，**他竟然在一个公司待了10年！10年，现在还有谁会在一家公司干上10年？**【**智慧引路**：努力是取得成功的不二法则，如能十年如一日地付出努力，成功也会主动向你招手。】能做5年就已经是奇迹了，他现在是一家外资企业的生产部经理，年薪20万，他是自己开小车来的，全班仅他一个，我们齐声向他讨教成功之道，谁知他只一句话就把我们打发了：“我只为今天的牛奶努力。”

他说，其实我也曾想过换个环境，但现在的工作这么难找，再说，你又不能保证新工作会比原来的好，与其这样浪费精力，倒不如全身心投入现在的工作上去，多学点儿东西。**我在生产线待了3年，然后当技术员两年，后来当上了副经理，现在把副字去掉了**【**名师点拨**：阿昆说把“副”字去掉了，含蓄地说明他现在已经是经理了，含蓄的语言能够让语句更加生动。】……为今天的牛奶努力吧，兄弟们，别一山望着一山高，我们常说“牛奶会有的，面包也会有的”，可是我们必须得为今天的牛奶努力，不然一切都没有了。

［智慧感言］

对一个聪明人来说，每一天都是一个新的开始，你当然可以谋划自己的理想和前程，甚至可以放眼世界寻找更好的机会，但不要忘了我们首先得为“今天的牛奶努力”，在每个“今天”执着、踏实地走好每一步，展现在你眼前的将是满园春色。

请个“天敌”做搭档

1996年世界爱鸟日那一天，芬兰维多利亚国家公园应广大市民的要求，放飞了一只在笼子里关了4年的秃鹰。事过三日，当那些爱鸟者们还在为自己的善举津津乐道之时，一位游客在距公园不远的一片小树林里发现了那只秃鹰的尸体，解剖发现，秃鹰死于饥饿。

秃鹰本来是一种十分凶悍的鸟，甚至可与美洲豹争食。然而，由于这只秃鹰在笼子里关得时间太久，**养尊处优**【专家解疑：生活在尊贵、优裕的环境中（多含贬义）。】，远离了天敌的竞争，结果丧失了野外捕食求生的基本能力。

从秃鹰长期远离天敌退化致死，使人联想到美军为研制MIA2型坦克而请个“天敌”做搭档的往事。

海湾战争之后，美军提出一个全新的理念：战争状态下士兵的“生存能力”比“作战能力”更为重要。于是，研制世界上最坚固的MIA2型坦克防护装甲，被列为改进美军装备的**当务之急**【专家解疑：当前急切应办的事。】。

乔治·巴顿中校，是美国陆军中最优秀的坦克防护装甲专家之一。他接受研制 MIA2 型坦克装甲的任务后，立即请来了一位“天敌”做搭档，毕业于麻省理工学院的著名破坏力专家迈克·马茨工程师。两人各带一个研究小组开始工作，所不同的是，巴顿带的研究小组，负责研制防护装甲；迈克·马茨带的则是破坏小组，专门负责摧毁巴顿已研制出来的防护装甲。

刚开始的时候，马茨总能轻而易举地将巴顿研制的新型防护装甲炸个稀巴烂。随着时间的推移，巴顿一次次地更换材料，修改设计方案，终于有一天，马茨使尽浑身**解数**【专家解疑：指武术的架势，也泛指手段、本事。】也没能奏效。**这样，一种世界上最坚固的坦克防护装甲，在这种近乎疯狂的“破坏”与“反破坏”的反复试验、反复较量中诞生了。**【智慧引路：就像坦克防护装甲一样，人也是在不断的挫折和失败中成长起来，并一步步走向成功的。】

这种被称之为“艾布拉姆”式的 MIA2 型坦克，其防护装甲可以承受时速超过 4500 公里、单位破坏力超过 1.35 万公斤的打击力量。因此，巴顿与马茨这两个技术上的“冤家”对手，同时荣获了紫心勋章。

巴顿中校事后深有感触地说：“事实上，**有问题并不可怕，可怕的是不知道问题出在哪里**。我们请马茨做‘天敌’就是请他做我们的冤家对手，就是请他帮我们找到问题，从而更好地解决问题。这方面他做得真是很好，帮了我们的大忙。一句话，我们之所以能够成功，是因为请到了一个好的‘天敌’做搭档。”

[智慧感言]

面对问题，我们不能退缩，因为退缩并不能解决问题。只有努力寻求解决之道，才是上策。

哲理名言

有问题并不可怕，可怕的是不知道问题出在哪里。

成败只差五丝米

电话机是谁发明的？恐怕很多人会异口同声地说出美国发明家贝尔这个名字。【名师点拨：作者运用设问的修辞方法，引人注意，启发读者思考，不仅对下文将要记述的内容起到了强调作用，还使文章结构更加紧凑。】不过，在贝尔之前，还有一位发明家曾为研制电话机做出过不小的贡献，他就是莱斯。

莱斯研究过一种传声装置，能用电流传送音乐，可惜的是不能用来传送话音，无法使人们相互交谈。莱斯研究过的这种传声装备之所以不实用，除了其他原因外，一个至关重要的原因是这种装置里的一颗螺丝钉往里少拧了 1/2 圈——大约 5 丝米。

贝尔在莱斯研究的基础上，一方面采取了新措施，如不使用间断的直流电，改为使用连续的直流电，从而解决了传送时间短促、讲话声音多变等问题。另一方面将莱斯**装置**【专家解疑：①安装。②机器、仪器或其他设备中，构造较复杂并具有某种独立功能的部件。】里的那颗螺丝钉往里拧了 1/2 圈。

莱斯的疏忽被贝尔发现并纠正了，奇迹也随之出现：不能通话的莱斯装置神话般地变成了实用的电话机。

失之毫厘，谬以千里。成败只差 5 丝米，也就是成败只差半毫米。贝尔的改进使莱斯**目瞪口呆**【专家解疑：形容受惊而愣住的样子。】。莱斯感慨万千地说：“我在离成功 5 丝米的地方灰心了，我将终生记住这个教训。”

哲理名言

失之毫厘，谬以千里。

[**智慧感言**]

不要把成功想得太过遥远，有时候，它离我们很近，只是由于我们的疏忽才与它失之交臂。

低地的价值

加州海岸的一座城市中，所有适合建筑的土地在不断的开发中都已经被开发，并被予以利用，城市的地皮价格不断飙升着。面对城市一边满是陡峭小山和另一边因为地势太低而每天都要被倒流的海水淹没一次的土地，一些开发商常常无奈地连连感慨。

一天，一名叫杰克的普通职员乘船到这个海岸来度假时，他不禁欣喜若狂，他立刻预购了那些因为山势太陡而无法使用，以及那些因为地势太低每天都要被海水淹没一次而无法使用的低地。因为这些土地都被认为并没有太大的价值，所以他的预购价值很低。然后，杰克用了几吨炸药，把那些陡峭的小山炸成松土，再利用几台推土机把泥土推平，原来的山坡地就成了很漂亮的建筑用地。同时，

他又雇用了一些车子，把多余的泥土倒在那些低地上，使低地超过水平面，那些低地也变成了漂亮的建筑用地……很快，建筑商**蜂拥**【专家解疑：像蜂群似的拥挤着（走）。】而至，争相抢购这些建筑用地。当这些建筑用地都出售后，杰克从一名普通职员变成富翁。

［智慧感言］

创造机遇有时并不难，只要懂得把泥土从不需要的地方移到需要的地方，但移动之前，要先能够把心中“理所当然”的冰块移走，把想象春天般铺开。

选择离你最近的那一个

巴黎一家现代杂志曾刊登了这样一个有趣的竞答题目：“如果有一天卢浮宫突然起了大火，而当时的条件只允许从宫内众多艺术珍品中抢救出一件，请问：你会选择哪一件？”

在数以万计的读者来信中，一位年轻画家的答案被认为是最好的——选择离你最近的那一件。

这是一个令人拍案叫绝的答案，因为卢浮宫内的收藏品每一件都是举世无双的**瑰宝**【专家解疑：特别珍贵的东西。】，**所以与其浪费时间选择，不如抓紧时间抢救一件算一件。**【智慧引路：双鸟在林，不如一鸟在手，虽说正确的选择是成功的一半，可是在特殊时刻，将时间浪费在选择上却是一种不明智的行为。】

［智慧感言］

在成功的道路上，如果你确定了至少3种以上的目标，那么，最佳的选择往往不是最宏伟最诱人的那一个，而是离你最近的那一个！

寻找谷仓里的金表

一个农场主在巡视谷仓时不慎将一块名贵的金表遗失在谷仓里，他遍寻不获，便在农场门口贴了一张告示，要人们帮忙，悬赏100美元。

人们面对重赏的诱惑，无不卖力地四处翻找，无奈谷仓内谷粒成山，还有成捆成捆的稻草，要想在其中找寻一块金表如同**海底捞针**【**专家解疑**：比喻极难找到。也说大海捞针。】。

人们忙到太阳下山仍没有找到金表，他们不是抱怨金表太小，就是抱怨谷仓太大、稻草太多，他们一个个放弃了100美元的诱惑。只有一个穿着破衣裳的小孩儿在众人离开之后仍不死心，努力寻找，他已整整一天没吃饭，希望在天黑之前找到金表，解决一家人的吃饭困难。

天越来越黑，小孩儿在谷仓内坚持寻找，**突然他发现一切喧闹静下来后有一个奇特的声音“嘀嗒、嘀嗒”不停地响着。**【**智慧引路**：恒心是通往成功彼岸的交通工具，细心是开取成功之门的钥匙。】小孩儿顿时停止寻找。谷仓内更加安静，嘀嗒声响十分清晰。小孩儿循声找到了金表，最终得到了100美元。

［智慧感言］

成功如同谷仓内的金表，早已存在于我们周围，散布于人生的每个角落，只要执着地去寻找，就一定能找到。

成功要有野心

德国一家电视台有一档智力游戏节目，栏目名称叫“谁是未来的百万富翁”。

节目类似央视的“幸运52”，因为奖金丰厚，**悬念**【专家解疑：①挂念。②欣赏戏剧、影视剧或其他文艺作品时，观众、读者对故事情节发展和人物命运很想知道又无从推知的关切和期待心理。】迭出，吸引了许多德国观众。这档节目有一个特点，就是每答对一道题目，就可以获得相应的奖励，而如果继续答题时没有答对，那么就退出比赛，并且剥夺已经取得的奖励。

前十几期没有一位参与者能够获得100万的奖励，能够在节目中有所收获的只是一些见好就收的人。

自节目开播几年来，虽然参赛者强手如林，可真正一路过关斩将直到最后的人却从来没有出现过。因此，几乎所有的参与者都学乖了，最多到10万左右，便放弃答题，退出比赛。直到一位叫克拉马的青年人的参与，才第一次产生了百万巨奖。

令人奇怪的是，克拉马取得的百万巨奖并不是因为他知识渊博，据当地媒体评论说，成就克拉马的不是他的学问，而是他的心理素质和野心。因为在50万之后，每一道题都相当简单，只需略加思考，便能轻松答出。

那么多人与大奖**失之交臂**【专家解疑：指当面错过，失掉好机会（交臂：因彼此走得很靠近而胳膊碰胳膊）。】，都是因为自己“见好就收”，没有成为百万富翁的野心。

香港亚视智力竞赛节目“百万富翁”曾产生过一位百万奖金的获得者，主持人陈启泰评价他“不可思议”。**但那位年轻的只有高中学历的打工者却平静地回答说：“意料之中，势在必得。”**【名师点拨：

打工者平静的回答与主持人陈启泰的评价形成了鲜明的对比，突出了文章的主旨：心理素质的重要性。】

我们为什么不能成为未来的百万富翁呢？法国媒体大亨巴拉昂于1998年去世，他在遗嘱中把100万法郎作为奖金，奖给揭开贫穷之谜的人。在45861封来信中，只有一位名叫蒂勒的小姑娘猜中谜底。那个小姑娘说："穷人最缺的是野心！"这个谜底轰动了欧美，几乎所有的富人都承认：**没有野心就没有今天的财富**。

［智慧感言］

有野心的人才能成功。有野心是高度自信、勇于挑战的表现，野心是推进成功的原动力，有时候可能距离成功只有一步之遥，有了野心的推动，可能就成功了。

小汤匙捉鱼

有一天，两个人在花园中边走边谈。来到一个水池边，一个人突然提议两个人来打赌，看谁能不用钓具将水池中的鱼捉来。

另一个人心想，这还不容易！**马上从地上捡起许多石子，猛烈地朝池中的鱼投去，可惜没有一个石子击中鱼。**【智慧引路：每件事情都有它的特性和内在规律，做事的方法不对，无异于缘木求鱼，是不可能取得成功的。】他累得直喘气，只好无奈地说："我放弃了，看你的吧！"

只见提议的人不慌不忙地从口袋里掏出一把小汤匙，把鱼池中

哲理名言

没有野心就没有今天的财富。

的水一匙一匙地舀到沟里。

朋友大喊道："这要等到什么时候啊？"

他笑嘻嘻地回答说："**这方法虽然慢了一点儿，但最后的胜利必然是属于我的。**【智慧引路：在没有巧妙的解决问题的办法时，笨办法也不失为一种解决问题的策略。】"

［智慧感言］

成功之本取决于人的心理素质、人生态度和才能资质。除了这些，还要具有高远的志向和实现目标的专心致志的毅力。特别是专注于一的精神，更有利于助人成功。

竖起来的鸡蛋

哥伦布发现了新大陆之后，在皇室为他举行的庆功宴中，一位大臣不服气地说："任何一个人坐上船航行，都能到达大西洋的对岸，这有什么稀奇，值得大家这样**大惊小怪**【专家解疑：形容对于不足为奇的事情过分惊讶。】！"有几个大臣也在一旁附和。

哥伦布听到后一言不发，朋友们都为他着急，埋怨他怎么不辩解。

过了一会儿，哥伦布叫仆役从厨房拿来了几个熟鸡蛋，请大家玩儿将鸡蛋竖立在桌上的游戏。许多人尝试，却没有一位能将鸡蛋竖立起来。

这时只见哥伦布拿起一个蛋，对准蛋的一端朝桌面砸下去，蛋的一端破了，蛋也稳稳直立在桌上。

满桌的王公大臣**哗然**【专家解疑：形容许多人吵吵嚷嚷。】，都叫着这算哪门子游戏，三岁小孩儿也会做。

哥伦布不疾不徐地说："虽然是很简单的游戏，你们却没有一个人会做。知道怎么做之后，大家却都说太简单了！"

［智慧感言］

有时费尽唇舌，争执一个不易化解的问题，还不如来一个简单的行动容易。这样的话，你就能化解敌人的攻势于无形。

一根鱼竿和一篓鱼

从前，有两个饥饿的人得到了一位长者的恩赐：一根鱼竿和一篓鲜活硕大的鱼。其中，一个人要了一篓鱼，另一个人要了一根鱼竿，于是他们分道扬镳了。得到鱼的人原地就用干柴搭起篝火煮起了鱼，他**狼吞虎咽**【专家解疑：形容吃东西又猛又急。】，还没有品出鲜鱼的肉香，转瞬间，连鱼带汤就被他吃了个精光，不久，他便饿死在空空的鱼篓旁。

另一个人则提着鱼竿继续忍饥挨饿，一步步艰难地向海边走去，可当他已经看到不远处那片蔚蓝色的海洋时，他浑身的最后一点儿力气也使完了，他也只能眼巴巴地带着无尽的遗憾撒手人间。

又有两个饥饿的人，他们同样得到了长者恩赐的一根鱼竿和一篓鱼。只是他们并没有各奔东西，而是商定共同去找寻大海，他俩

好词好句

不疾不徐

分道扬镳

* 另一个人则提着鱼竿继续忍饥挨饿，一步步艰难地向海边走去，可当他已经看到不远处那片蔚蓝色的海洋时，他浑身的最后一点儿力气也使完了，他也只能眼巴巴地带着无尽的遗憾撒手人间。

每次只煮一条鱼，他们经过遥远的跋涉，来到了海边，从此，两人开始了捕鱼为生的日子，几年后，他们盖起了房子，有了各自的家庭、子女，有了自己建造的渔船，过上了幸福安康的生活。

[**智慧感言**]

只顾眼前的利益，得到的只是短暂的欢愉；目标高远，但也要面对现实。把理想和现实结合起来，才有可能成功。

目标等于成功

马拉松比赛正在进行着，进行到5000米以后，有两个人逐渐地甩开了后面的人，跑到了前面。【名师点拨：作者开篇讲出了故事发生的背景，为后文中这两个参赛者的不同结局做铺垫。】

长时间的奔跑，已经使他们的体力消耗很大了，但是他们依然坚持着向前跑。这时的天气很不好，雾很浓，几十米内几乎看不清东西，后来天空又渐渐地飘起了小雨，给比赛增加了难度。

跑在最前面的一个人，依然在拼命地跑着，他不管雾有多大，也不去理会，**但他却担心会被脚下的雨水给滑倒，他始终注视着脚步下不远的地方。跟在他后边的另外一个人却把头昂得高高的，他在注视着目标，他心里在不停地默念着终点，终点，我就要到终点了。**【智慧引路：心中（眼中）的目标不一样，人们的信念和行动也会大相径庭，最终的结局也会完全不同。】

两个人的体力都支持不住了，他们仅相差几米远。

后来跑在最前面的人终于累倒在地上起不来了。

第二个人也感觉要趴下了，但是他却猛然发现终点就在他前面的几十米处，透过迷雾，他隐约可以看见终点处摆动的旗帜。所以，他猛然又增添了一种**动力**【**专家解疑**：①使机械做功的各种作用力，如水力、风力、电力、畜力等。②比喻推动工作、事业等前进和发展的力量。】，顽强地最先跑到了终点。

［**智慧感言**］

第一个人因为没有看见目标，所以在就要成功的时候失败了。毋庸置疑，这就是目标对于成功的重要性。成功等于目标，其他全是这句话的注解。

金矿上的十字镐

“斧头虽小，但多劈几次，就能将坚硬的树木伐倒。”阿拉斯加的金矿大王约翰逊接受记者访问时说。

“请问你致富的秘诀是什么？”记者问。

“我想，是一种运气吧！”约翰逊回答。

“运气？”记者疑惑着。

约翰逊微笑着说：“记得当时，我无意间在**荒废**【**专家解疑**：①该种而没有耕种。②荒疏。③不利用；浪费（时间）。】的矿区发现一把生锈的十字镐插在泥土中。我只是用力把十字镐摇动几下，然后拔起，没想到十字镐下有许多的金矿，因此发现了矿床。”

约翰逊强调说：“假如，那个十字镐的主人，能够再稍微坚持一下，挥动一下十字镐，那么，如今的金矿大王，或许就是那个人了。”

［**智慧感言**］

有时，成功就在我们眼前，却被我们所忽略，以致最终丧失。把握眼前，坚持做好每件事，那么，成功将会离我们越来越近。

井里的驴

有一天，一头驴不小心掉进一口枯井里，农夫绞尽脑汁来想办法救出驴子。【名师点拨：农夫想尽办法救驴子，说明驴子对他还有一定的利用价值，后来他要埋葬驴子，说明他是一个会权衡利弊的精明人，农夫前后的思想反差，都是在为后文驴子的脱困做铺垫。】但是过了许久，驴子还在井里痛苦地哀号着。最后，农夫决定放弃努力，他想这头驴子年纪大了，不值得大费心机去把它救出来。

为了避免别的驴子掉下去，他想将这口井填起来。于是，农夫便请来左邻右舍帮忙一起将井中的驴子埋了。邻居们人手一把铲子，开始将泥土铲进枯井中。

驴子很快了解到自己的处境，哭得更凄惨了。但出人意料的是，一会儿，这头驴子就安静下来了。农夫好奇地探头往井底一看，眼前的景象令他大吃一惊。**铲进井里的泥土落在驴子的背部时，驴子将泥土抖落在一旁，然后站到铲进的泥土堆上面。**【智慧引路：换一个角度，从逆境中捕捉胜利的曙光，不仅需要非凡的智慧，更需要一种沉稳的心态。】

很快，这头驴子便得意地升到井口，然后在众人惊讶的表情中快步地跑开了！

［智慧感言］

生活中所遭遇的种种困难挫折，既能成为掩埋我们的“泥沙”，又能成为我们成功路上的垫脚石。只要我们善于运用它，就能克服困难，迈向成功。

猴子学锯木

有一个人，因为儿子要结婚，于是决定到山上去伐树做家具。

他带上工具，来到山上的树林中砍倒了一棵树，并动手把它锯成木板。这个人住在山下很多年了，**经常上山伐木，自然很熟悉伐木的技巧。**【智慧引路：经常做一件事情，时间长了就能够从中积累很多经验，越干越轻松，工作效率也越来越高，这就是熟能生巧的道理。】他在锯木板的时候把树干的一头放在树墩上，而自己坐在树干上，这样一来，干起活来就减少了很多体力。另外，他还往锯开的缝隙里打上一个楔子，然后再锯，过一会儿又把楔子拔出来，再打进一个新的地方。

刚好有一只猴子在树上玩耍，看到他锯树的过程，猴子想："原来伐木如此简单。"不**安分**【专家解疑：规矩老实，守本分。】的猴子就产生了试一试的想法。

这个人干累了，躺下来休息打盹。猴子看机会来了，就从树上跳下来，模仿着人的动作锯起来。正如它想象的，锯起来的确很轻松，但是，当猴子刚拔出楔子时，树干一下子合拢起来，夹住了它的尾巴。

猴子疼得大声叫起来，它极力挣扎，结果把正在休息的人给吵醒了。那人看到这么一只可爱的猴子就用绳子把它捆起来带走了。【智慧引路：忍一时风平浪静，退一步海阔天空。遇到了挫折应该静下心来思考解决问题的方案，一味地大呼小叫于事无补，只会让情况越变越糟。】

[智慧感言]

在现实生活中，做事情不要一味地模仿别人，而是要去探索其中的原因，懂得创新。简单地模仿只能使自己陷入困境。

樵夫的斧头

山里住着一位以砍柴为生的樵夫。他不辞辛劳地建造了一所房子，从此可以免受风雨的侵袭，日子过得很舒坦。

有一天，他把砍好的木柴挑到城里换回了许多必需品，忙碌了大半天，直到黄昏时分才回到家。可是，他却发现他心爱的房子不知什么原因就起火燃烧了。左邻右舍都前来帮忙救火，但是傍晚的风势过于猛烈，最后还是没有将火扑灭，一群人只能静待一旁，眼睁睁地看着炽烈的火焰**吞噬**【专家解疑：①吞食。②并吞。】了整栋木屋。

当大火终于被扑灭的时候，樵夫手里拿了一根棍子，就跑进一片废墟的屋子里不断地翻找着。围观的邻人以为他在翻找藏在屋里的珍贵宝物，所以都好奇地在一旁注视着他的举动。

过了半晌，樵夫终于兴奋地叫着："我找到了！我找到了！"

邻人纷纷向前一探究竟，才发现樵夫手里捧着的是一把斧头，根本不是什么值钱的宝物。只见樵夫兴奋地将木棍插进斧头上安装木柄的孔中，充满自信地说："**只要有这柄斧头，我就可以再建造一个更坚固耐用的家。**【智慧引路：只要雄心不死，即便是遭受毁灭性的灾难，亦可卷土重来，再创辉煌。】"

[智慧感言]

成功者失败之后永不气馁，能够找到自己的核心能力，然后运用它，使成功再次向他招手。

上山与下山

在同一条石板小道上，上山的和下山的擦肩而过。

上山的虽汗流浃背，但是兴致勃勃，并主动地和下山的打招呼："山上好玩儿吗？"

下山的疲惫不堪，连连摇头："一座破庙，几尊菩萨，没意思。"

上山的不以为然："噢，是吗？上去看看再说。"说完擦一把汗继续向上攀登。

过了一段时间，这拨儿上山的下来了，又碰上兴致勃勃的向上爬的人："山上好玩儿吗？"

"一座破庙，几尊菩萨，没意思。"

但上山的不以为然："噢，是吗？上去看看再说。"

在各种各样的"山"上，不断有人上去，也不断有人下来。日复一日，年复一年，上山的和下山的，就这样络绎【专家解疑：（人、马、车、船等）前后相接，连续不断。】不绝，接连不断。

[智慧感言]

人没有获得成功的时候，成功是神秘的，值得人们苦苦地追求；但当获得成功时，会觉得不过如此，还会觉得有一种失去对手的空虚。

好词好句

擦肩而过

疲惫不堪

*上山的虽汗流浃背，但是兴致勃勃，并主动地和下山的打招呼："山上好玩儿吗？"

坚持到成功的那一天

大约在一个半世纪以前，一艘英国商船沉没于马六甲海域，这艘从广州驶出的船上载满古老中国的丝绸、瓷器及珍宝。【名师点拨：作者开篇交代故事发生的背景，为后文中鲍尔锲而不舍地打捞沉船财物的故事做铺垫。】

15 年前，一位名叫鲍尔的人偶然从资料上获此信息，便下决心打捞这艘沉船，**他在深黑的海底摸索了漫长的 8 年，探索了七十多平方公里的海域，终于找到了海底的宝物。**【智慧引路：若想成就非常之事，就得做非常之人，付出非同寻常的努力。】

耗资是巨大的，打捞工作刚进行了 30 天，就用去几万元，两位最初的合伙人认定无望而离去。其中有一位鲍尔的好友，几次加入又几次离去，并一次次劝说鲍尔放弃这“疯子”般的念头。

事后，鲍尔说他也曾经有过放弃的念头，每次精疲力竭地从海底潜回时他都想永远不再下去了，他甚至怀疑早年的记载有误，而且 8 年来他已耗尽巨资**债台高筑**【专家解疑：形容欠债极多。】，但他终于坚持到了成功的这一天。

［智慧感言］

坚持不用多。在生命旅程中，有一次坚持到底就算是成功，而放弃一旦开了头就决不会少，对于曾经认定的事——事业、爱情、生命，放弃过一次就会一再放弃。

像愚者那样思考

前面大路小路纵横交错，犹如一张理不清的网。

一个智者走到网前，很优雅地弯下腰，一点儿一点儿地慢腾腾地理着网，一边**自言自语**【专家解疑：自己跟自己说话；独自低声说话。】地说："我要找出一条路来。"

一个愚者走到网跟前，看了看网，就果敢地迈步向网中走去，一边走，一边理着网。

几天以后，愚者回来了。他衣衫破烂，身上有一道一道的伤痕，但是他找到了一条适合自己走的路，在那条路上，洒着斑斑点点的血迹。

愚者整理了一下破烂的衣衫，又出发寻找新的道路去了。

那位智者依然在很**优雅**【专家解疑：①优美雅致。②优美高雅。】地理着网，依然在自言自语地说道："我要找出一条路来。"

[智慧感言]

其实谁是智者谁是愚者呢？敢于参与、实行、贡献、开创的人是智者，只准备而不行动患了"分析瘫痪症"的人才是愚者。智愚的差别就在于：第一，是否采取行动——智者没有犹豫跨出去，愚者准备过头只说不做；第二，采取行动的时机——智者早一步，愚者晚一步。

好词好句

优雅

果敢

* 前面大路小路纵横交错，犹如一张理不清的网。

毛毛虫的悲剧

有人把许多毛毛虫放在一个大花盆的边上，使它们首尾相接，排成一个圆形。这些毛毛虫开始动了，像一个长长的游行队伍，没有头，也没有尾。研究者在毛毛虫队伍旁边摆了一些食物，但这些毛毛虫要想得到食物就得解散队伍，不再一条接一条地前进。

研究者预料，毛毛虫很快就会厌倦这种毫无用处的爬行，而转向食物，可是毛毛虫没有这样做。它们沿着花盆边以同样的速度走了 7 天 7 夜，一直走到饿死为止。

这些毛毛虫遵守着它们的本能、习惯、传统、先例、经验、惯例，或者随便你叫它什么好了。它们的付出很多，但毫无成果。

【智慧引路：只有转变思路，打破常规，才能获得新的收获。故步自封，永远也不会有长进。】

［智慧感言］

那些失败者就跟这些毛毛虫差不多，他们自以为忙碌就是成就，干活儿本身就是成功。其实在这个社会上，“一分耕耘，一分收获”并不是绝对的，重要的是如何才能事半功倍。

好词好句

首尾相接

厌倦

* 这些毛毛虫开始动了，像一个长长的游行队伍，没有头，也没有尾。

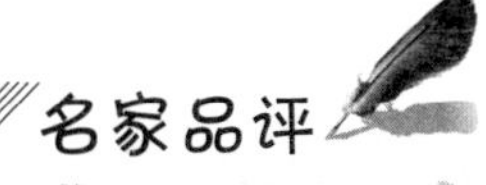

在很多时候，决定我们生命质量的不是金钱，不是权力，甚至不是知识和能力，而是一种心态。只要我们“瞄准自己的目标”，脚踏实地，“像愚者那样思考”“拔掉心里的杂草”，投身于实际行动之中，并坚信“执着的力量”，持之以恒地付出努力，即便是像文中的小故事那样，用“小汤匙捉鱼”，终究也有成功的一天。

阅读思考

1.“为今天的牛奶努力”说的是什么道理？

2.哥伦布是怎样将鸡蛋竖在桌面上的？

3.跌落枯井的驴子是如何重新爬上地面的？

重点测试

ZHONGDIANCESHI

一、填空题

1. 美国福特汽车公司的大型发动机出现故障后，在电脑专家_______的指点下恢复了运行，_______向福特汽车公司索要了_______的报酬。

2. 教练_______为了使球员相信自己有能力登上冠军宝座，便告诉大家：只要能在球技上进步_______，那个赛季便会有出人意料的好成绩。

3. 塞尔玛在_______回信的启示下，开始积极地面对人生，不仅在沙漠中收获了友谊，还通过自己的新发现写出了一本名为______的书。

4. 在_______发明电话机之前，还有一位发明家曾为研制电话机做出过不小的贡献，他就是_______。

二、选择题

1. 马太效应说明的自然法则是（　　）。

A. 强弱均衡，和谐发展　　　B. 强者变弱，弱者更弱

C. 强者更强，弱者更弱　　　D. 弱者变强，强者更强

2. “决不、决不、决不能放弃”是_______的成功秘诀。（　　）

A. 希特勒　　　　B. 斯大林

C. 林肯　　　　D. 丘吉尔

3. 以下哪些工具不是爱因斯坦做学问研究时的必需品。（　）

A. 废纸篓　　　　B. 尺子

C. 椅子　　　　D. 钢笔

三、判断题

1. 美国人、法国人、犹太人在被关进监狱之前，监狱长答应了他们每个人一个要求：法国人选择了雪茄；犹太人选择了美丽的女子；而美国人则选择了电话。（　）

2. 吉姆·弗雷德至少能记住5万个人的名字，他成功的秘诀是“辛勤地工作”。（　）

3. 穷困的老保罗替老板买彩票后，将中奖的消息告诉了老板。（　）

4. 德国电视栏目《谁是未来的百万富翁》的百万大奖的获得者是一位小姑娘。（　）

四、简答题

1. “隔行如隔山”的故事给你带来了怎样的人生启示？

2. 为什么说方向比努力更重要？

一、填空题

1. 斯坦门茨　斯坦门茨　10000美元　2. 派特·雷利　1%

3. 父亲　《快乐的城堡》　4. 贝尔　莱斯

二、选择题

1. C　2. D　3. B

三、判断题

1. ×，美国人、法国人、犹太人在被关进监狱之前，监狱长答应了他们每个人一个要求：美国人选择了雪茄；法国人选择了美丽的女子；而犹太人则选择了电话。

2. √。

3. √。

4. ×，德国电视栏目《谁是未来的百万富翁》的百万大奖的获得者是一位叫克拉马的青年人。

四、简答题

1. 金无足赤，人无完人。任何人都有自己的优点，同时也有自己的短处，在学习和生活中，我们应该学会发现并学习别人的优点，正视、弥补自己的缺陷，取长补短，使自己得到不断的提高和完善。

2. 没有方向，所有的努力都是盲目的，不仅让人容易在奋斗中丧失激情，甚至还会让人的努力变成竹篮打水；只有明确了方向，才能在正确的"路"上行走，才能让自己付出的努力有所价值，不致发生缘木求鱼的悲剧。